소중한 ___________________ 에게

___________________ 가(이) 선물합니다.

____

톰아저씨의 오두막집

해리엇 비처 스토 지음

미국 코네티컷주 리치필드에서 신학자의 딸로 태어났습니다. 이웃해 있는 켄터키주에서 노예들의
비참한 생활을 목격한 스토는 노예 제도에 분노했으며, 1852년 마침내 「톰 아저씨의 오두막집」을 발표하게
되었습니다. 「톰 아저씨의 오두막집」은 노예 제도를 강력하게 비판하고 선악을 뚜렷하게 대조해 놓은 작품으로,
미국인들을 감동시켰으며 남북 전쟁을 일으키는 계기가 되었습니다. 또한 간행 1년 만에 30만 부가 팔리는
기록을 남기기도 했습니다. 「목사의 구혼」(1859) 「올드타운의 사람들」(1869) 등과 같은 작품을 발표했습니다.

이창건 엮음

강원도 철원에서 태어났습니다. 「아동문예」에 동시가 당선되어 등단한 뒤
대한민국문학상과 한국아동문학상을 수상하면서 어린이들과 더욱 가까워졌습니다. 그동안 펴낸
시집으로 「풀씨를 위해」 「나무는 어떻게 사나」 「비는 하늘에도 내린다」 등이 있습니다.

2025년 11월 05일 2판 14쇄 **펴냄**
2011년 8월 25일 2판 1쇄 **펴냄**
2005년 12월 15일 1판 1쇄 **펴냄**

펴낸곳 (주)효리원
펴낸이 윤종근
지은이 해리엇 비처 스토
엮은이 이창건 · **그린이** 장인한
등록 1990년 12월 20일 · **번호** 2-1108
우편 번호 03147
주소 서울시 종로구 삼일대로 457, 406호
전화 02)3675-5222 · **팩스** 02)765-5222

잘못 만들어진 책은 구입하신 서점에서 바꾸어 드립니다.
ISBN 978-89-281-0107-8 64840

이메일 hyoreewon@hyoreewon.com
홈페이지 www.hyoreewon.com

톰아저씨의 오두막집

해리엇 비처 스토 지음
이창건 엮음 / 장인한 그림

효리원
hyoreewon.com

미국 사람들은 남북 전쟁 전에는 아프리카에서 수많은 흑인들을 데려와서 노예로 삼았습니다.

그 노예들은 인간이라기보다는 동물처럼 취급되었으며, 특히 남부에 있는 목화 농장에서 일하는 노예들은 죽을 때까지 일만 해야 했습니다.

이들 중에는 자신들의 정당한 권리를 찾아 지옥 같은 농장을 탈출하는 사람들도 있었고, 자신들의 운명이라 생각하며 체념하고 살아가는 사람들도 있었습니다.

주인공 톰 아저씨는 노예였지만 정직하고 부지런한 사람입니다. 어느 날 갑자기, 먼 곳으로 팔려 가면서 사랑하는 가족들과 헤어지게 되지요. 한편 일라이저는 아들이 톰 아저씨와 함께 팔릴 위기에 처하자 목숨을 걸고 탈출을 합니다. 하지만 톰 아저씨는 자신의 운명에 순종하며 독실한 신앙으로 다른 사람들을 감동시킵니다.

그리고 마침내 영혼의 자유를 얻게 되지요.

이 책의 저자인 스토 부인은 미국 코네티컷주의 리치필드에서 목사 집안의 여섯째 딸로 태어났습니다.

한창 감수성이 예민한 처녀 시절에 남부를 여행하다가 노예들의 비참한 생활을 보고 충격을 받아서 이 작품을 쓰게 되었다고 합니다.

이 책은 무척 슬프지만, 탐정 소설이나 모험 소설처럼 용감하고 박진감 넘치는 장면도 많습니다.

그리고 무엇보다도 무엇을 생각하고 어떻게 살아가야 하는지, 많은 생각을 하게 해 줍니다.

여러분들도 이 책을 읽고, 무엇이 참된 삶인지 진지하게 생각해 보는 계기가 된다면 기쁘겠습니다.

엮은이 이창건

| 차례 |

노예 상인

아직도 쌀쌀한 날씨인 2월의 어느 날 저녁 무렵이었습니다.

미국 켄터키주에 있는 P라는 마을에 아주 커다랗고 훌륭한 집이 있었습니다. 그 집 식당에서 두 신사가 술잔을 앞에 놓고 마주 앉아 있었습니다.

그들은 심부름꾼도 내보낸 채, 중요한 일을 의논하는 것처럼 심각한 표정으로 이야기를 나누었습니다.

언뜻 보기에 두 사람은 신사 같았지만, 자세히 보면 그중 한 사람은 신사라고 하기엔 어딘지 모르게 어색했습니다. 작달막한 키에 몸집도 뚱뚱한데다가, 한쪽 입술을 살짝 올리고 웃는 얼굴은 어딘가 음흉해 보였습니다.

게다가 어쩌다 갑자기 큰돈을 벌었는지 자신과는 전혀 어울리지 않는 값비싼 옷을 걸치고, 누런 시곗줄이 번쩍거리는 금시계를 가슴팍에 늘어뜨리고, 거칠어 보이는 손가락 마디마디에도 금반지를 여러 개 끼고 있었습니다.

또한 그 사람이 쓰는 말씨는 점잖은 신사라고 하기에는 거칠기 짝이 없었습니다. 아주 천박하게 들리는데다가, 도무지 앞뒤가 맞지 않는 말이 많았습니다.

그러나 그 사람과 마주 앉아 이야기하는 이 집 주인 셸비 씨는 그 사람과는 전혀 반대로 아주 의젓한 신사였습니다.

두 사람 사이에 큰 소리가 오가며 한참을 의논하는가 싶더니, 일이 잘 풀리지 않는지 셸비 씨가 난감한 얼굴로 점잖지 못하게 생긴 남자를 바라보며 말을 꺼냈습니다.

"아무리 생각해도 그게 제일 좋은 방법일세. 그러니 내 말대로 하도록 하지."

마주 앉은 남자는 이 말을 듣더니 마시던 술잔을 들어 단숨에 술을 꿀꺽 들이켜고는 이렇게 내뱉었습니다.

"그렇게는 안 되겠는걸요, 셸비 씨. 그렇다면 나만 밑지는 장사를 하는 게 아닙니까?"

"왜 그러나 헤일리? 톰은 여느 하인과는 많이 다르다네. 톰은 아주 부지런하고 근면하지. 그래서 우리 농장일을 모두 도맡아 하고 있어. 또 무척 정직하지. 어디에 내놓아도, 누구에게 팔더라도 제 값을 톡톡히 받을 수 있는 검둥이라네.”

“셸비 씨, 아무리 부지런하고 정직한 놈이라 해도 검둥이는 역시 검둥이지요! 그리고 무엇보다 톰 한 녀석만 가지고는 셸비 씨가 진 빚을 모두 갚을 수는 없습니다.”

헤일리라고 불린 그 사나이는 바로 흑인 노예를 사고파는 노예 상인이었습니다.

헤일리는 흑인을 싸게 사서 비싸게 노예로 팔면서, 흑인을 사람으로 여기지 않고 짐승처럼 함부로 다루고 그저 돈밖에 모르는, 인정사정없는 난폭한 노예 상인이었습니다.

“헤일리, 사실 난 톰을 내주고 싶지 않네. 그토록 부지런하고 착한 그를 어떻게 내줄 수 있겠나? 우리 농장을 잘 보살피려고 얼마나 힘을 쓰는지 모른다네. 하지만 자네가 하도 빚 독촉을 해 대니, 내가 자네에게 진 빚을 모두 없던 것으로 해 준다면, 톰이라도 내주어서 자네에게 진 빚을 모조리 갚아야겠다고 생각하게 된 것이네.”

“셸비 씨, 그렇게는 도저히 못 합니다. 톰 한 녀석 달랑 주고 빚을 모조리 없애 달라니, 그건 절대로 안 될 말입니다.”

두 사람은 잠시 동안 말없이 바라보기만 했습니다.

이윽고 셸비 씨가 걱정스러운 듯이 입을 열었습니다.

"헤일리, 그러면 어떻게 하자는 것인가? 자네 속셈은 무엇인가? 도대체 자네 마음을 알 수가 없네."

"톰과 함께 내줄 수 있는 검둥이는 더 없습니까? 여자라도 좋고, 없다면 아이라도 좋습니다."

"없네! 톰에게 딸려 보낼 검둥이는 없어. 톰을 보내는 것만 해도 안타까운데, 더는 누구도 내줄 수 없어!"

셸비 씨는 단호하게 말했지만 어딘지 모르게 불안한 표정을 지었습니다.

그때, 슬그머니 문이 열리면서 네다섯 살 정도 되어 보이는 사내아이가 들어왔습니다.

까만 머리에 얼굴이 조금은 하얀 편인, 백인과 흑인의 혼혈 아이였습니다. 눈동자가 별처럼 반짝이는데다가 아주 귀엽고 영리하게 생긴 아이였습니다.

헤일리와 셸비 씨의 눈길이 아이에게 쏠렸습니다.

그런데 아이를 지켜보던 헤일리는 문득 좋은 생각이 떠올랐는지, 예의 그 음흉한 미소를 지으며 아이의 모습을 요모조모 뜯어보는 것이었습니다.

아이는 신기한 듯 식당 안을 이리저리 두리번거리다가 셸비 씨와 눈이 마주쳤습니다.

"오! 해리야, 이리 온."

셸비 씨가 아이를 불렀습니다. 그러자 해리는 얼른 셸비 씨에게 가려다가 낯선 손님의 얼굴을 조금 두려운 듯 바라보면서 머뭇머뭇 셸비 씨 앞으로 다가왔습니다.

셸비 씨는 건포도를 한 줌 집어 해리의 바지 주머니 속에 넣어 주며 이렇게 말했습니다.

"해리야, 이 손님 앞에서 노래와 춤을 한번 보여 줄 수 있겠니?"

셸비 씨의 말을 들은 해리는 신이 나서 자랑스러운 듯이 손짓을 해 가며 노래를 불렀습니다.

"야! 요놈 봐라, 고것 참 똘똘하고 깜찍하네."

아이의 재롱을 물끄러미 바라보던 헤일리도 감탄을 했습니다. 그리고 속으로 어떤 생각을 했는지, 음흉한 얼굴을 셸비 씨에게 들이대며 이렇게 말했습니다.

"셸비 씨, 이 아이를 톰과 함께 주시죠! 그러면 빚을 모조리 없애 주겠습니다."

이때, 문이 왈칵 열리면서 젊은 혼혈 여자가 재빨리 뛰어 들어왔습니다.

그 혼혈 여자는 윤기나는 검은 머리에 검은 눈동자가 유난히 반짝였는데, 꽤 미인이었습니다.

젊은 여자는 해리의 엄마인 것 같았습니다.

"일라이저가 여긴 무슨 일로 왔지?"

"네, 주인어른. 해리가 보이지 않기에 혹시나 이곳에 들어왔나 해서 찾으러 왔습니다."

일라이저는 불안한 표정을 애써 감추며 주인인 셸비 씨에게 공손히 대답했습니다.

재롱을 떨던 해리가 엄마를 보더니 반가운 듯 엄마 품으로 조르르 달려가 안겼습니다.

"재롱을 피우고 있었다네. 어서 데리고 나가게."

셸비 씨가 말을 끝내자마자, 일라이저는 재빨리 아이를 안고 밖으로 나갔습니다.

'음! 이건 뜻밖의 수확인걸.'

이 광경을 본 헤일리가 속으로 좋아하며 침을 꿀꺽 삼키고는 셸비 씨에게 다시 한 번 말했습니다.

"셸비 씨, 어떻게 하시겠습니까? 톰과 저 아이를 내주시겠어요?

그렇게 하면 빚을 모두 없애 준다니까요."

해리를 달라는 헤일리의 무리한 요구를 들은 셸비 씨는 몹시 괴로운 듯 한동안 눈을 감은 채 말이 없었습니다.

눈을 감고 한참을 생각하던 셸비 씨는 하는 수 없다는 듯이 무겁게 입을 열었습니다.

"그 문제는 아내와도 의논해 봐야 하니 나중에 들르게."

헤일리는 셸비 씨의 말이 마음에 들지 않았지만, 나중에 다시 와 보라는 말을 믿기로 했습니다.

"그럼 나중에 다시 오겠습니다. 내일은 떠나야 하니 오늘 저녁 안으로 꼭 결정을 내리세요."

헤일리는 이 말을 남기고는 일어나서 밖으로 나갔습니다.

갑작스러운 이별

해리를 데리고 나온 일라이저는 넋을 잃고 베란다에 기대서서 멍하니 하늘만 바라보고 있었습니다.

해리를 찾으려고 식당으로 들어가려 할 때 엿듣게 된 노예 상인의 말이 귓가에 계속 맴돌았습니다.

'이 아이를 톰과 함께 주시죠!'

일라이저는 몸을 부르르 떨며 해리를 와락 껴안았습니다.

"해리야, 어쩌자고 그 방에 들어갔니? 주인어른이 너를 팔아 버리면 어떻게 하려고? 아니야! 주인어른이 절대로 그러실 리가 없어!"

이렇게 일라이저가 터져 나오는 울음을 참고 있을 때 누가 갑자기 일라이저의 어깨 위에 손을 얹었습니다.

그렇지 않아도 떨고 있던 일라이저가 깜짝 놀라서 돌아보니 일라이저의 남편인 조지가 서 있었습니다.

"아! 당신이었군요. 마침 잘 오셨어요. 어서 우리 방으로 들어가요."

일라이저는 해리를 안은 채, 조지와 함께 베란다에 맞붙은 그들의 방으로 들어갔습니다.

일라이저는 백인과 흑인 사이에서 태어난 혼혈 여자인데, 어릴 때부터 셸비 씨 집에서 귀여움을 받고 자라났습니다.

예쁜 흑인 노예에게는 오히려 불행한 일이 생기는 것이 보통이었지만, 다행히 흑인 노예들을 잘 보살펴 주는 셸비 씨 집에서 태어나고 자라난 일라이저는 아무런 위험이나 유혹도 받지 않고 클 수 있었습니다.

그래서 일라이저는 어른이 되자 셸비 씨의 도움으로 이웃 농장의 노예인 조지 해리스라는 총명한 혼혈 청년과 결혼을 해 행복하게 살았던 것입니다.

그러고는 곧 해리를 낳았습니다.

그런데 일라이저의 남편인 조지 해리스는 농장에서 일하는 노예였지만, 일라이저와 결혼을 하기 전부터 농장 주인의 명령에 따라 농장일을 하지 않고 이웃에 있는 자루 만드는 공장에서 일을 했습니다.

조지는 공장에서 먹고 자고 일하느라 농장에는 돌아가지 않았습니다. 공장에서 아무리 열심히 일을 해도 품삯은 조지의 주인인 농장 주인이 받았습니다. 욕심 많은 농장 주인은 그 품삯이 탐나 조지를 공장에 보냈던 것입니다.

조지 해리스가 일라이저와 결혼을 한 것은 공장에서 일하던 때였습니다.

공장 주인은 성실하게 일하는 조지를 믿고 모든 일을 조지가 알아서 하도록 했습니다.

그래서 조지는 일하는 시간만 빼고는 언제나 자유로웠기 때문에 일라이저와 결혼을 할 수 있었던 것입니다.

그리고 일라이저와 결혼한 뒤부터 일라이저의 주인집 베란다에 맞붙어 있는 방에서 살기 시작했습니다.

조지는 노예 신분에 교육도 제대로 받지 못했지만, 손재주가 뛰어나 자루를 세탁하는 기계를 잘 만들었습니다. 사람들은 기계 만드는 일을 하는 조지를 부러워했습니다.

교육도 제대로 받지 못한 노예가 기계를 만든다는 것은 대단한 일이었기 때문입니다.

그러던 어느 날, 조지의 주인은 조지가 만든 세탁 기계가 어떤 것인지 궁금해 자루 공장에 가 보았습니다.

공장에서는 조지의 주인을 잘 대접하며 조지를 칭찬했습니다. 조지도 자랑스러운 듯이 자신이 만든 기계를 주인에게 보여 주고 자세히 설명해 주었습니다.

그러나 노예는 노예였습니다. 그렇게 뛰어나고 재능이 있는 조지였지만, 그는 사람이 아니라 사고팔리는 한낱 노예에 지나지 않았습니다.

조지의 주인도 노예는 노예일 수밖에 없다고 생각했습니다. 그래서 조지가 노예인 주제에 기계를 만들었다고 화를 내며 도로 농장으로 끌고 가 버렸습니다.

조지를 농장으로 끌고 간 뒤부터 조지의 주인은 조지를 농장 밖으로 나가지 못하게 했습니다.

그 때부터 일라이저와 해리는 조지와 헤어져서 따로 살게 되었습니다.

그런데 조지가 불쑥 일라이저와 해리를 찾아온 것입니다.

"해리를 좀 보세요. 무척 많이 자랐지요?"

일라이저는 자기 품에 안겨서 아빠를 쳐다보는 해리의 얼굴에 뜨거운 입맞춤을 해 주었습니다.

"해리, 내 귀여운 아들아! 넌 차라리 이 세상에 태어나지 않았으면 좋았을 텐데⋯⋯."

갑작스러운 조지의 말에 일라이저는, 해리를 팔아 버린다는 이야기를 조지가 듣고 와서 그런 말을 한다고 생각했습니다.

그녀는 끝내 울음을 터뜨리고 말았습니다.

"일라이저, 울지 말아요. 내가 괜한 말을 했나 보군."

"아니에요, 조지. 지금까지 우린 행복했어요. 하지만 이제 불행이 닥쳐오는 것 같아 견딜 수가 없어요."

조지는 무슨 말인지 몰라서 어리둥절해 하는 해리를 무릎에 앉히며 말했습니다.

"일라이저, 나 같은 사람을 만나지 말았어야 했어."

"어머나! 왜 그런 말을 하는 거예요?"

일라이저는 남편인 조지가 왜 그런 말을 하는지 도대체 알 수가 없었습니다.

"노예는 태어나는 것부터가 불행이야! 우리 노예들에겐 행복이란 게 없다니까! 아무리 행복을 찾으려고 해도, 아무리 더 나은 삶을 살려고 발버둥 쳐도 불행뿐인 노예 생활을 벗어날 수가 없잖아. 노예일 뿐인 우린 도대체 무엇 때문에 살아가는 것일까? 아아, 나는 벌써 죽었어야 했어! 이제 아무 희망도 없어."

그 말을 들은 일라이저는 아무래도 조지에게 좋지 않은 일이 생긴 것이라고 느끼며 무슨 일이냐고 다그쳤습니다.

"조지! 무슨 일이 있었어요? 제발 말해 주세요, 네?"

"난 지금까지 계속 참아 왔어. 돈 한 푼도 받지 못하고, 짐승같이 매일 두들겨 맞으며 일을 해도 꾹 참고 지금까지 버텨 왔단 말이야. 그러나 이제 더 이상은 참을 수 없어! 더는 견딜 수가 없단 말이야!"

조지는 불끈 쥔 두 손을 부르르 떨며 외쳤습니다.

남편이 이렇게 분노를 터뜨리는 것을 본 적이 없는 일라이저는 초조하게 조지의 다음 말을 기다렸습니다.

"일라이저, 난 도망을 가기로 했소!"

"네? 뭐라고요?"

"캐나다로 도망가겠단 말이오. 캐나다에 가서 돈을 벌어 당신과 해리를 데리러 오겠소. 돈에 팔리는 노예의 몸이니 돈을 벌어 와서 당신과 해리를 사면 돼. 당신과 해리가 자유롭게 되면 우린 행복하게 살 수 있을 거야. 내 희망은 그것뿐이야. 그 때까지 참아 줄 수 있겠지?"

조지는 입술을 깨물며 이렇게 말했습니다.

조지의 이런 결심을 들은 일라이저는 두려움에 떨었습니다.

“아, 무서워요! 잡히기라도 하면 어쩌려고요?”

“잡히다니, 누구에게 잡힌단 말이오? 이 가슴이, 이 주먹이 살아 있는데……. 계획을 잘 세워 두었으니 잡히진 않을 거요. 절대로 어리석은 짓은 하지 않겠소. 혹시 잡혀서 죽는다 하더라도 지금 이 비참한 노예 생활보단 나을 거요. 자, 난 지금 바로 떠나겠소.”

“아니, 지금 떠난다고요?”

“그렇소. 조금이라도 빨리 떠나는 게 낫지 않겠소.”

일라이저는 조지를 더는 말릴 수가 없었습니다.

일라이저 자신도 자유롭지 못한 노예의 비참한 생활을 잘 알기 때문이었습니다.

“조지, 그럼 부디 몸조심하세요.”

조지는 일라이저와 해리를 꼭 안아 주고는 일라이저의 마지막 인사를 뒤로 하고 재빨리 밖으로 뛰어나갔습니다.

톰 아저씨의 오두막집

셸비 씨 농장에서 가장 으뜸 가는 일꾼인데다 농장 감독인 톰 아저씨의 집은 통나무로 지은 오두막집이었습니다.

조지가 일라이저에게 갑작스럽게 이별을 고하고 떠나 버린 뒤, 저녁 노을이 소리 없이 톰 아저씨의 오두막집을 감싸고 있었습니다.

저녁 노을에 둘러싸여 붉게 물든 톰 아저씨의 오두막집에서 밝은 불빛이 흘러나오고 있었습니다. 그래서 더욱 조용하고 평화로워 보였습니다.

톰 아저씨의 오두막집 안에서는 톰 아저씨의 아내인 클로 아주머니가 식구들이 먹을 저녁을 만드느라고 활활 타는 난로 위에 냄

비를 올려놓고 무엇인가 계속 저으며 정말 행복한 미소를 지었습니다.

클로 아주머니는 이 농장에서 가장 음식 솜씨가 좋다고 소문이 자자했습니다.

클로 아주머니는 음식 만들 때가 가장 행복했습니다. 음식을 만들 때 아주머니를 보면 그렇게 행복해 보일 수가 없었습니다.

클로 아주머니 옆에서는 머리털이 곱슬곱슬하고 검은 눈이 반짝이는 사내아이 둘이 놀면서, 이제 막 걸음마를 배우느라 두 눈을 반짝이며 뒤뚱거리는 아우를 돌보고 있습니다.

방 한가운데에는 깨끗하고 하얀 책상보가 씌워져 있는 낡은 책상이 비스듬히 놓여 있습니다. 그 위에 등불이 놓여 있어서 온 방 안을 환하게 비춰 주었습니다.

밝게 비추는 등불 아래서는 톰 아저씨가 석판을 앞에 놓고 무엇인가 열심히 쓰고 있습니다.

"틀렸어요! 톰 아저씨, 그렇게 쓰는 게 아니에요."

열두어 살쯤 되어 보이는 백인 어린이가, 무엇인가 열심히 쓰고 있는 톰 아저씨의 석판을 들여다보면서 말했습니다. G라는 글자를 써야 하는데 Q라고 적었던 것입니다.

백인 아이는 셸비 씨의 맏아들인 조지였습니다. 조지는 톰 아저씨의 글공부 선생님이었습니다.

조지는 톰 아저씨에게서 석판을 받아 들고 G와 Q를 몇 번이나 써 보였습니다.

"허어, 정말 그렇군요. 도련님, 제가 또 틀렸습니다."

톰 아저씨는 조지의 글씨를 들여다보며 민망한 듯 머리를 긁적였습니다.

"아저씨, 공부는 이제 그만해요. 클로 아주머니, 케이크는 다 되었나요? 배가 무척 고파요."

"아이고, 도련님! 다 됐으니 조금만 참아요."

클로 아주머니는 케이크를 굽느라고 이글이글 달아오른 얼굴에 웃음을 띠며 대답했습니다.

"여보, 오늘 밤엔 모임이 있으니까 얼른 서둘러 식사를 끝내야 하오."

그러자 조지가 이렇게 말했습니다.

"톰 아저씨! 나도 오늘 밤 모임에 참석할 거예요."

"그러세요, 도련님. 도련님은 글을 읽을 줄 아니까 우리들에게 성경을 읽어 주세요."

이 말에 조지는 손뼉을 치며 기뻐했습니다.

그날은 셸비 씨 농장에서 일하는 노예들이 고된 일을 마치고, 톰 아저씨의 오두막집에 모두 모여 이야기도 하고 노래도 부르면서 서로를 위로하는 날이었습니다.

활활 타는 난로를 가운데 두고 흑인 노예들이 잔뜩 모여 앉아서 웃음 띤 얼굴로 이런저런 이야기를 주고받았습니다. 허리가 구부정한 늙은이가 있는가 하면, 열대여섯 살 난 젊은이도 있었습니다.

그들은 모두 노래를 부르기 시작했습니다.

벌판에서 싸우다 죽으리.
벌판에서 싸우다 죽으리.
내 영혼에 영광을…….

이런 노래를 부르기도 했고,

오! 우리는 영광의 나라로 가겠네.
그대 같이 가지 않으려나?
그대 같이 가지 않으려나?

우리는 영광의 나라로 가겠네.

황금 길 깔린 영원한 나라.

그곳에서 영원히 행복 누리며 살겠네.

그들은 찬송가를 부르기도 하고, 큰 모임에서 흑인 노예들이 즐겨 부르는 노래도 불렀습니다. 그들은 모두 즐거운 마음으로 한결같이 목청을 돋워 노래를 불렀습니다.

합창이 끝나자, 톰 아저씨네 집에 모인 모든 사람들의 뜻에 따라 조지가 일어나서 성경의 묵시록 마지막 장을 또박또박 읽었습니다.

똑똑한 조지는, 어머니에게서 배운 성경 구절을 글을 알지 못하는 흑인 노예들이 알아듣기 쉽도록 설명까지 해 가면서 척척 읽어 내려갔습니다.

성경을 읽는 모습이며 설명하는 모습이 그럴듯하고 의젓해서 톰 아저씨의 집에 모인 사람들이 모두 감탄했습니다.

톰 아저씨는 이런 방 안의 모습이 흐뭇하다는 듯이 모여 앉은 사람들을 한 사람씩 한 사람씩 둘러보다가,

"아니, 일라이저가 보이지 않네……. 무슨 일일까? 무슨 일이라도 생겼나?"

하고 중얼거렸습니다.

톰 아저씨는 혹시나 잘못 본 건 아닌가 해서 눈을 한 번 비비고 나서 다시 쭈욱 훑어보았지만, 일라이저의 예쁜 얼굴은 그 방 어디에서도 찾을 수 없었습니다.

'일라이저가 모임에 오지 않을 리가 없는데……. 무슨 일이 생긴 게 틀림없어.'

톰 아저씨는 은근히 걱정이 되었습니다.

톰 아저씨네 방 안에 모여 앉은 사람들은 계속 노래를 불렀습니다. 사람들은 손뼉을 치며 노래를 부르다가 웃고 울며 서로 악수를 나누기도 하면서 흥겨워했습니다.

그들은 마치 지금 겪고 있는 비참한 노예 생활에서 벗어나서 벌써 강 건너 자유로운 땅에 도착하기라도 한 것 같은 얼굴이었습니다.

톰 아저씨의 오두막집에서 톰 아저씨와 농장 사람들이 이렇게 즐겁게 지내고 있을 때였습니다.

그들의 주인인 셸비 씨의 집에서는, 아무것도 모르고 즐거운 시간을 보내고 있는 톰 아저씨를 팔려고 셸비 씨와 노예 상인 헤일리가 만나고 있었습니다.

드디어 셸비 씨가 톰 아저씨를 판다는 계약을 마쳤습니다.

헤일리는 계약 서류를 집어 들어 꼼꼼히 확인을 하고 나서 씨익 웃으며 이렇게 말했습니다.

"자, 이제 모두 끝났습니다."

말을 끝내는 헤일리에게 셸비 씨는,

"이보게, 헤일리. 톰을 잘 아는 분에게 팔겠다는 약속, 꼭 지켜야 하네. 난 반드시 자네만 믿겠네."

하고 다시 한 번 더 당부를 했습니다.

"염려 마십시오, 셸비 씨. 될 수 있는 대로 그렇게 하지요. 그럼 내일 아침에 톰과 해리를 데리러 오겠습니다."

"헤일리, 톰이 낯선 곳으로 가서 고생할 생각을 하면 견딜 수 없네. 그러니 꼭 약속을 지켜 주기 바라네."

계약을 마친 헤일리는 셸비 씨의 부탁을 듣는 둥 마는 둥 흘려들으면서 바쁘게 밖으로 사라져 갔습니다.

그 모습을 문밖에서 살며시 엿보고 있는 사람이 있었습니다. 바로 일라이저였습니다.

해리를 달라는 노예 상인이 다녀간 다음부터 마음을 졸이던 일라이저는 노예 상인이 계약을 하러 다시 왔다는 것을 알고 엿보고 있었던 것입니다.

달아나는 일라이저

어느덧 밤이 깊었습니다. 하늘에는 수많은 별들이 조용히 반짝이고 있었고, 땅에는 서리가 내려 더욱 추운 밤이었습니다.

톰 아저씨의 오두막집에 모였던 농장 사람들도 벌써 다 돌아가고, 밤이 조용히 깊어 갔습니다.

이따금 멀리서 이름 모를 새들이 구슬피 울었습니다.

이때 어둠 속에서 소리 없이 그림자가 나타나더니 톰 아저씨네 오두막으로 다가갔습니다.

조금 뒤, 문 두드리는 소리가 조용히 울렸습니다.

'누가 문을 두드리는 것 같은데……. 이 밤에 대체 누굴까?'

잠자리에 들어 잠을 자려던 클로 아주머니가 얼른 커튼을 들추고 바깥을 내다보았습니다.

자세히 보니 문밖에 서 있는 그림자는 저녁 모임에서는 보이지 않던 일라이저였습니다.

"어머나! 이 밤중에 일라이저가 웬일이야 대체! 아무래도 무슨 일이 생긴 모양이네."

클로 아주머니는 얼른 톰 아저씨를 흔들어 깨우고, 등불을 밝히고는 문을 열었습니다.

일라이저가 해리를 안은 채 방으로 들어왔습니다.

해리는 막 잠이 든 듯했습니다. 일라이저의 얼굴은 한눈에도 알아볼 수 있을 만큼 초조하고 불안해 보였습니다.

"일라이저, 이게 대체 어찌 된 일이야? 무슨 일이라도 생긴 거니? 어서 말을 해 봐."

클로 아주머니는 놀라서 일라이저에게 다그쳐 물었습니다.

"클로 아주머니, 전 지금 도망가는 길이에요. 톰 아저씨, 전 해리를 데리고 멀리 도망가야 해요. 주인어른이 우리 해리를 팔아 버렸어요."

"뭐라고? 해리를 팔아 버리다니?"

톰 아저씨와 클로 아주머니는 깜짝 놀라 외쳤습니다.

"아까 주인어른과 노예 상인이 계약하는 것을 몰래 엿보았어

요. 내일 아침 노예 상인이 와서 해리와 톰 아저씨를 데리고 간댔
어요.”

“주인어른이 나도 팔았다고?”

톰 아저씨는 두 눈을 크게 뜨면서 신음하듯 물었습니다.

뜻밖의 소식을 듣게 된 톰 아저씨와 클로 아주머니는 정신이 아
찔해져서 무슨 말을 해야 할지 몰랐습니다.

“클로 아주머니, 주인어른이 톰 아저씨를 팔려고 한 것은 아니
었어요. 노예 상인에게 빚을 많이 져서 어쩔 수 없이 그렇게 된 것
같아요. 노예 상인이 톰 아저씨와 해리를 내주면 빚을 모두 없애
준다고 해서 주인어른이 톰 아저씨를 내주기로 하셨나 봐요.”

일라이저의 말을 들은 톰 아저씨와 클로 아주머니는 그만 기운
이 빠져서 그 자리에 털썩 주저앉고 말았습니다.

“톰! 당신도 도망가세요. 노예를 짐승처럼 부려 먹는 곳으로 끌
려가선 안 돼요. 아직 시간은 충분하니까 어디든 도망갈 수 있다
고요. 또 당신에겐 어디든 갈 수 있는 통행증이 있으니까 걱정 안
해도 되잖아요. 자, 어서 일라이저와 함께 떠나요.”

클로 아주머니는 톰 아저씨에게 일라이저와 같이 떠나라고 재
촉했지만, 톰 아저씨는 숙였던 머리를 들고 슬픈 눈빛으로 말했
습니다.

“나는 가지 않을 거야…….”

“그럼 전 해리를 데리고 떠나겠어요.”

일라이저는 날이 밝기 전에 떠나야 한다며 서둘렀습니다.

“아까 저녁에 조지가 절 찾아왔어요. 조지는 힘들고 비참한 노예 생활을 더는 견딜 수 없어 캐나다로 도망친다고 했어요. 해리가 팔려 간다는 것도 모른 채 저에게 잘 참고 기다려 달라는 말만 겨우 하고는 떠났어요. 설마 저까지 이렇게 될 줄은 생각도 못 했어요. 조지도 그렇게 생각할 거예요. 정말 조지가 떠났는지 모르겠지만, 톰 아저씨, 클로 아주머니, 혹시 조지를 만나게 되면 저도 캐나다로 떠났다고 말해 주세요, 네?”

“그럼! 그렇게 말해 주고말고. 꼭 그렇게 전해 줄게. 아무 걱정 말고 부디 몸조심하라고.”

일라이저는 그칠 줄 모르고 떨어지는 눈물을 손등으로 문지르면서 발길을 돌렸습니다.

톰 아저씨와 클로 아주머니는 어둠 속으로 멀어져 가는 일라이저의 뒷모습이 사라질 때까지 지켜보았습니다.

험한 길을 헤치고

일라이저는 셸비 씨의 농장에서 빨리 벗어나려고 농장을 둘러싸고 있는 숲을 가로질러 가기로 마음먹었습니다. 캐나다로 가려면 먼저 오하이오강으로 가야 하는데, 그리 가는 길이 한참을 돌아가야 했습니다.

일라이저는 한시라도 빨리 셸비 씨의 농장에서 달아나고 싶어서 험하기는 하지만 숲속으로 좁게 난 길로 가기로 한 것이었습니다.

하지만 그 길은 일라이저가 가기에는 너무나도 거칠고 험했습니다. 숲을 돌아서 가는 길이 새로 생겼기 때문에 요즈음에는 사람들도 다니지 않아서 더욱 위험했습니다.

더구나 캄캄한 한밤중에 어린 해리까지 데리고 가기에는 무척이나 힘든 길이었습니다.

　하지만 어서 멀리멀리 달아나고 싶은 일라이저는 그 정도쯤이야 아무것도 아니라고 생각하고 해리를 단단히 붙들어 안고 부지런히 걸었습니다.

　일라이저는 숲속으로 나 있는 좁고 어두운 길을 걸으며, 이제는 자신이 이 세상 어디에도 기댈 곳 없는 외로운 혼자 몸이라고 생각했습니다.

　그러나 그럴수록 더욱 씩씩하게 걸으려 애썼습니다. 일라이저는 오직 해리를 구하겠다는 생각으로 품에서 째근째근 자고 있는 해리를 꼭 끌어안고, 길도 잘 보이지 않는 숲속 어두운 밤길을 뛰다시피 걸었던 것입니다.

　남편인 조지는 어떻게 되었는지, 앞으로 어디로 가야 할지, 과연 붙잡히지 않고 해리를 안전한 곳까지 무사히 데리고 갈 수 있을지 막막하기만 했습니다. 또 이렇게 밤길을 가야 하는 것도 슬프기만 했습니다.

　모든 사람들이 잠들어 조용한 밤, 일라이저가 도망쳐 가는 길에는 바람만 쌩쌩 불어 살을 도려낼 듯이 추웠습니다.

　꽁꽁 언 땅은 일라이저가 걸음을 옮길 때마다 바삭바삭 소리를 냈습니다.

이 바삭바삭 얼음 밟는 소리는 마치 누군가 일라이저를 잡으러 뒤쫓아오는 소리처럼 들렸습니다. 그렇지 않아도 두려움에 떨고 있던 일라이저는 더 큰 두려움을 느끼며 자꾸만 뒤를 돌아보았습니다.

게다가 마른 나무 등걸에 바람이 스칠 때마다 머리 위에서 '휘이이익, 위이!' 하고 음산한 소리가 울렸습니다. 귀신이라도 나올 것처럼 무서웠습니다.

일라이저는 등골이 오싹해졌습니다. 그러나 그럴 때마다 공포를 떨쳐 내려고 온몸을 부르르 떨며 힘을 주었습니다. 오직 해리를 안전한 곳까지 무사히 데려가겠다는 마음만으로 입술을 깨물며 한참을 걸었습니다.

숲을 지나고 나니 큰길이 나타났습니다.

이 길을 따라 가면 오하이오 강가에 있는 마을에 다다를 수 있다는 것을, 언젠가 이 길을 따라 그 마을에 가 본 적이 있었던 일라이저는 잘 알고 있었습니다.

그래서 오하이오 강가 마을로 가서, 기회를 엿보며 숨어 있다가 강을 건너 캐나다로 달아날 생각이었습니다. 일라이저는 큰길을 따라 올라갔습니다.

이 큰길을 따라 가다 보면 길은 다시 숲속으로 난 작은 길로 이어지게 되고, 그 작은 길을 조금 걸으면 다시 큰길이 나타나고, 그 큰길을 따라 한참 걸으면 오하이오 강가에 있는 마을에 다다릅니다.

일라이저가 큰길을 지나 숲속 작은 길로 접어들었을 때, 엄마의 품에 안겨 잠들어 있던 해리가 잠에서 깨었습니다.

해리는 무슨 일인지 무척 걱정이 되는 듯 주위를 두리번거렸습니다.

"엄마! 여기가 어디야?"

"으응, 해리가 잠이 깼구나."

"우리 어디 가는 거야, 엄마?"

"해리야, 우린 지금 아빠 계신 곳으로 간단다."

"아빠가 어디 있는데?"

"응, 곧 만날 수 있을 거야. 그러니까 걱정 말고 더 자렴."

"엄마! 정말 걱정 안 해도 되는 거야?"

"그럼, 엄마가 이렇게 꼭 안고 있을 텐데."

해리는 엄마의 말을 듣고 나서야 마음이 놓이는지 이내 다시 잠이 들었습니다. 이렇게 숲속 길을 얼마쯤 걸어가니 큰길이 나타났습니다. 이제 이 길을 따라 한참 걸으면 오하이오강에 다다릅니다.

어느덧 날이 밝아 오기 시작해 길이 훤하게 잘 보였습니다.

일라이저는 마음이 놓여 그제야 확 트인 사방을 둘러보았습니다. 셸비 씨의 농장과는 한참 멀리 떨어진 것 같았습니다.

'얼마나 멀리 왔을까? 여기까지 왔으니 이젠 괜찮을 거야. 설마 이곳에 내 얼굴을 알아보는 사람이 있을까? 아냐, 여기엔 내 얼굴을 아는 사람이 없을 거야.'

이렇게 생각한 일라이저는 길가 어느 나무 그늘 아래에 털썩 주저앉았습니다. 갑자기 긴장이 풀리면서 한꺼번에 피로가 몰려와서 그런지 맥이 탁 풀렸습니다.

"해리야, 이제 그만 일어나! 배고플 테니까 우리 빵 먹자."

일라이저는 해리를 깨워서 앉혀 놓고, 빵과 소시지를 꺼내 해리에게 먹였습니다. 그리고 자신은 물 한 모금만 마시고 빵은 먹지 않았습니다. 다만 해리가 먹는 것을 지켜볼 뿐이었습니다.

아침이 되어 길에 사람들이 다니기 시작했습니다.

마차가 하나둘 움직이자, 일라이저는 옷을 단정하게 여미고 흩어진 머리도 손질했습니다.

일라이저는 흐트러진 모습으로 허둥지둥 걸으면 사람들이 이상하게 여길 것 같아 해리의 손을 잡고 여유 있게 걸었습니다.

그렇게 걷다 보니 어느새 하루해가 다 갔습니다.

해가 서쪽 하늘로 질 무렵 일라이저는 오하이오강을 끼고 있는 마을에 다다르게 되었습니다.

아직도 추웠지만 그래도 한겨울과는 달랐습니다. 얼었던 강이 녹으면서 강물이 불어난데다 녹으면서 떨어져 나온 얼음장들이 서로 부딪치면서 무서운 소리를 냈습니다.

일라이저는 강 언덕에 서서 얼음장들이 떠내려가는 모습을 한참 동안 바라보다가, 혹시나 얼음덩이들 때문에 강을 건네주는 배가 뜨지 못하는 게 아닌가 하는 걱정이 들었습니다.

그래서 일라이저는 강 가까이 있는 주막에 들어가 배를 띄울 수 있는지 물어보았습니다.

"강을 건너야 하는데, 오늘 배가 뜨는지 알 수 있을까요?"

"글쎄, 얼음덩이 때문에 오늘도 배를 못 띄운다던데……. 벌써 며칠째 이러고 있다우."

일라이저는 가슴이 내려앉아 길게 한숨을 내쉬었습니다.

그런 일라이저의 모습을 본 주막 주인은,

"무슨 일로 강을 건너려고 그러는 게요? 혹시 아이가 병이라도 난 거요?"

하고 말하며 일라이저와 해리를 번갈아 쳐다보더니, 창 너머 뒷집 쪽으로 크게 소리를 질렀습니다.

"솔로몬! 오늘 밤에 술통을 강 건너로 보낸다던데, 오늘 배 띄울 수 있겠어?"

"글쎄, 얼음덩이를 봐서 가든지 말든지 할 거라던데요……."

역시 큰 소리로 대답하는 소리가 들려왔습니다.

"들었소? 어쩌면 오늘 밤에는 배가 뜰지도 모르니까, 이리 들어와서 조금 기다려 봐요."

주막 주인 여자는 피곤해 보이는 일라이저와 해리가 안쓰러웠는지 방으로 들어와 쉬게 해 주었습니다.

추격하는 노예 상인

셸비 씨 부부는 헤일리가 돌아가고 나서 밤 늦도록 이야기를 나누고 있었습니다.

"여보! 아까 우리 집에 온 그 이상한 사람은 누구예요?"

"아아, 그 사람, 사업 때문에 온 헤일리란 사람이오."

"설마 노예 상인은 아니겠지요?"

"왜, 일라이저가 당신에게 뭐라고 하던가?"

"당신이 노예 상인과 이야기를 하면서 해리를 팔겠다고 약속을 했다는 거예요. 설마 당신이 그런 일은 하지 않았겠지요?"

셸비 씨는 가슴이 뜨끔했지만 억지로 태연한 척하면서 아무 말도 하지 않았습니다. 밤 늦도록 이야기를 나눈 셸비 씨 부부는 이튿날 늦잠을 잤습니다.

그런데 다음 날 아침, 벌써 일어나서 부엌일이며 마당 청소를 하고 있어야 할 일라이저의 모습이 보이지 않았습니다.

"일라이저가 어떻게 된 걸까?"

초인종을 몇 번이나 눌러도 대답이 없자, 셸비 씨는 마침 면도할 물을 가져온 하인에게 이렇게 일렀습니다.

"애야, 일라이저는 무얼 하고 있니? 몇 번이나 초인종을 눌러도 대답이 없으니 어찌 된 일인지 가서 보고 오너라."

주인의 말에 일라이저의 방에 간 하인이 조금 뒤 두 눈을 동그랗게 뜨고 달려왔습니다.

"큰일 났습니다, 마님! 일라이저도 해리도 없어요. 서랍이 열려 있고 물건이 여기저기 흩어져 있어요."

"아아, 다행이야."

부인은 자기도 모르게 소리쳤습니다. 면도를 하고 있던 셸비 씨가 황급히 방에서 뛰어나갔습니다.

셸비 부인은 오랫동안 하녀로 충실하게 일해 온 일라이저를 아끼고 사랑했기 때문에 해리를 위해서 무사히 도망가기를 바랐습니다.

마을에는 어느새 일라이저가 밤새 도망쳤다는 소문이 퍼졌습니

다. 헤일리도 이 사실을 듣고 몹시 화가 나서 말을 타고 달려왔습
니다.

셸비 씨는 지금까지 한 번도 노예가 도망친 일이 없었으므로 몹
시 당황스러워하며 헤일리를 맞았습니다.

"어서 오게, 헤일리."

그러나 헤일리는 손에 채찍을 들고 장화도 벗지 않은 채 안으로
들어섰습니다.

"도대체 어떻게 이런 일이 생길 수 있지요?"

"미안하게 됐네. 일라이저가 해리를 데리고 도망치리라고는 생
각도 못 했네. 우리 이야기를 엿들었나 보네."

"뭐라고요? 노예가 도망을 쳤다니 그게 있을 수 있는 일입니까?
당신이 날 속이고 있는 거 아니오?"

헤일리는 화를 내며 소리를 질러 댔습니다.

"헤일리, 말을 좀 가려서 하게. 이 방에는 내 아내도 있네. 우선
앉아서 차분히 이야기하세."

헤일리는 못마땅해 하며 자리에 앉았습니다.

"헤일리! 자네가 오늘 일로 실망한 것도 이해는 하네. 그래서 인
사도 하지 않고 무례하게 장화를 신고 들어온 것도 아무 말 하지
않았네. 내가 일부러 일라이저를 달아나게 한 것은 아니지 않나.

자, 우리 아침 식사나 하면서 자네가 잃은 재산을 찾을 방법을 생각해 보세. 필요하다면 하인이든 말이든 모두 빌려주겠네.”

셸비 씨가 부드럽게 달래자 헤일리는 조금 진정이 되었는지, 아침 식사를 하면서 일라이저의 뒤를 쫓을 방법에 대해 셸비 씨와 의논을 했습니다.

셸비 씨의 하인 중에서 제일 건장한 샘과 길을 잘 아는 앤디를 데리고 일라이저를 쫓기로 결정했습니다.

톰 아저씨와 해리가 노예 상인에게 팔렸다는 소문이 퍼지자 노예들은 술렁거렸습니다. 그중에서도 얼굴이 유난히 검은 샘이 다른 사람들과 달리 엉뚱한 생각을 하며 혼자 빙그레 웃고 있을 때 앤디가 부르러 왔습니다.

“여어, 샘! 주인님이 제일 잘 뛰는 말 두 필을 데리고 떠날 차비를 하라고 하셨어.”

“어, 그래! 그렇다면 서둘러야지. 그런데 무슨 일이야?”

“일라이저가 해리를 데리고 도망쳤으니 노예 상인 헤일리 씨와 같이 추격하시려는 거겠지.”

“그러면 일라이저를 잡아 주인님께 잘 보여야겠군.”

샘은 검은 두 눈을 번뜩이며 말했습니다.

“아냐, 샘, 마님은 일라이저가 잡히는 것을 원하지 않으셔. 아까

도 일라이저가 도망쳤다고 하니까 오히려 기뻐하시던걸.”

샘과 앤디가 이런 이야기를 주고받으며 마구간에서 말을 준비하고 있을 때 셸비 부인이 두 사람을 찾아왔습니다.

“샘, 나는 일라이저가 잡히는 것을 원하지 않아.”

“예, 마님. 잘 알고 있습니다.”

“샘, 앤디, 헤일리는 이곳 지리를 잘 모르니까 추격하는 시간을 좀 늦추도록 도와줬으면 좋겠어.”

“예, 마님. 저희도 일라이저와 해리가 잡히는 것을 원하지 않아요. 그러니 걱정 마세요.”

샘과 앤디는 좋은 꾀를 생각해 냈습니다. 헤일리가 탈 말에 안장을 얹으며 끝이 뾰족한 쐐기를 쑤셔 넣은 것입니다. 헤일리가 말을 타려고 하면 말은 기겁하고 날뛸 것입니다.

이윽고 셸비 씨와 헤일리가 베란다에 모습을 나타냈습니다.

“샘, 앤디, 헤일리 씨를 도와 일라이저를 추격하도록 하게.”

“알겠습니다, 주인님.”

샘과 앤디는 헤일리가 말에 타는 것을 도와주었습니다.

그러나 헤일리가 말등에 올라타자 말이 미친 듯이 날뛰는 바람에 곤두박질치며 바닥으로 굴렀습니다.

이 광경을 보고 있던 노예 아이들이 손뼉을 치며 돌아다니자 다른 말들도 날뛰어, 샘과 앤디도 땅에 떨어졌습니다.

헤일리는 성난 짐승처럼 소리를 질러 댔고 셸비 씨도 베란다에서 소리쳤지만, 그 소리를 들은 사람은 아무도 없었습니다.

셸비 씨 부인은 소동을 보고 빙그레 웃으며 중얼거렸습니다.

"샘이 시간을 늦추려고 일부러 꾸민 연극이로구나."

샘과 앤디가 세 마리의 말을 붙잡은 것은 점심때가 가까워져서였습니다.

"이제 겨우 붙잡아 왔습니다."

샘이 자랑스러운 듯 말했습니다.

"이 느림보들아! 벌써 두 시간이나 지났다. 어서 가자!"

헤일리는 소리를 버럭 질렀습니다.

"아니, 나리. 이대로 어떻게 떠납니까? 말들도 저희도 매우 지쳤어요. 점심을 먹고 잠시 쉬었다가 떠난다면 훨씬 더 빨리 쫓아갈 수 있을 겁니다."

샘이 굽실거리며 헤일리에게 말하고 있을 때, 셸비 부인이 기다렸다는 듯이 베란다로 걸어 나오면서 이렇게 말했습니다.

"그래요. 샘의 말이 맞아요. 저 두 사람은 그곳 지리를 잘 아니까 점심을 먹고 쫓아가도 충분할 거예요."

이렇게 셸비 부인까지 정중하게 말하자, 헤일리는 마지못해 식당으로 들어갔습니다.

샘과 앤디는 자신들의 꾀에 헤일리가 속아 넘어가자 서로 마주 보며 미소를 지었습니다.

이 광경을 지켜보던 모든 노예들은 마음속으로,

'일라이저가 어서 미시시피강을 건너 주었으면…….'

하고 간절히 기도했습니다.

점심 준비는 좀처럼 빨리 되지 않았습니다. 하녀들은 식사가 아무리 늦어져도 셸비 부인이 꾸짖지 않는다는 것을 알고 있었기 때문에 일부러 느릿느릿 준비를 했습니다.

헤일리는 우리 속에 갇힌 곰처럼 초조하게 왔다 갔다 하고 있었습니다.

이윽고 식사를 겨우 마친 샘과 앤디가 말을 끌고 왔습니다.

헤일리는 말을 타면서 샘과 앤디에게 일렀습니다.

"그 여자는 오하이오강을 건너서 달아날 생각일 거야. 오하이오 주엔 노예를 숨겨 주는 사람들이 많으니까. 강을 건너기 전에 쫓아가서 잡아야 해!"

샘이 말을 달리면서 이렇게 물었습니다.

"헤일리 님, 여기서 강가까지 가려면 새로 난 길과 그전에 다니던 길이 있는데, 어느 길로 가시겠습니까?"

일행이 갈림길에 다다르자 헤일리는 망설였습니다.

"헤일리 님, 새 길로 가시지요. 그 길이 빠르고 좋습니다. 아마 일라이저도 그 길을 따라 도망쳤을 겁니다."

샘이 자꾸만 새 길로 가자고 조르자 헤일리는 왠지 의심스러워졌습니다.

'이놈들이 아까도 나를 골탕 먹이더니 일라이저가 도망가도록 시간을 끌려는 모양이군.'

이렇게 생각한 헤일리는 호통을 쳤습니다.

"네놈들 말은 믿을 수가 없어. 너희가 새 길로 가자고 하니까 난 예전 길로 가겠다. 앞장서!"

사실은 그 길은 사람들 왕래가 끊어진 지 오래되어서 길이 험해졌기 때문에 빨리 갈 수가 없었습니다. 샘과 앤디는 그 점을 노렸던 것입니다.

이렇게 먼 길로 돌아서 왔기 때문에 헤일리 일행이 일라이저가 숨어 있는 마을에 닿은 것은 일라이저가 해리를 재운 지 한 시간쯤 뒤였습니다.

목숨을 건 탈출

한편 일라이저는 침대 옆에 앉아서 잠자는 해리의 얼굴을 들여다보며 혹시라도 누군가 잡으러 오지는 않는지 불안에 떨고 있었습니다.

'어려서부터 따뜻하게 길러 준 부인과 늘 다정하게 돌봐 준 톰 아저씨의 곁을 떠나 캐나다까지 무사히 도망칠 수 있을까? 과연 조지를 만날 수 있을까?'

이런 복잡한 생각들이 머리를 스치고 있을 때 멀리서 말발굽 소리가 들려왔습니다.

일라이저는 조심스럽게 창가로 다가가 흘긋 밖을 내다보았습니다.

샘은 앞장서서 달려오다 창가에 서 있는 일라이저를 발견하고는 모자를 날려 보냈습니다.

"앗, 모자가 날아갔다!"

모자를 주우면서 일부러 수선을 피워 일라이저에게 자신들이 온 것을 알려 주려는 것이었습니다.

일라이저는 그 모습을 보고 더 이상 생각할 겨를도 없이 침착하게 해리를 부둥켜안고 옆문으로 내려와 강가를 향해 달렸습니다.

뒤에서 쫓아오던 헤일리가 그 모습을 보았습니다.

"저 여자다! 어서 쫓아가라!"

헤일리는 샘과 앤디를 재촉하며 굶주린 짐승처럼 일라이저를 쫓았습니다.

일라이저는 쫓기는 어린 토끼와도 같이 죽을힘을 다해 달렸습니다. 어느덧 얼음덩이들이 둥둥 떠 다니고 있는 강가에 닿았습니다.

"아! 이제 어떻게 한담."

그러나 그녀는 더 생각할 여유가 없었습니다.

뒤를 돌아다보니 헤일리 일행이 바로 뒤에까지 따라와 있었습니다. 일라이저는 가장 가까이 있는 얼음덩이를 향해 몸을 날렸습니다.

일라이저는 얼음덩어리가 미끄러워서 하마터면 강물에 빠질 뻔했습니다.

그러나 숨 돌릴 겨를도 없이 다른 얼음덩이를 향해 다시 한 번 건너뛰었습니다. 목숨을 건 모험이었지만, 일라이저는 무서운 줄도 몰랐습니다.

얼음에 미끄러지면서 구두가 벗겨지고 양말이 찢어져서 피가 났지만 멈추지 않고 얼음덩이들을 옮겨 다니며 푸른 미시시피강을 건너고 있었습니다.

숨을 헐떡이며 쫓아온 헤일리 일행은 일라이저의 용감한 행동에 너무 놀라 입을 딱 벌리고 말았습니다.

"저 계집애가 미쳤나 보군. 강을 건너기만 하면 살 수 있을 줄 아는 모양이지? 어디 두고 보자!"

헤일리는 생각지도 않았던 일이 눈앞에서 벌어지자 너무도 분했지만 어쩔 도리가 없었습니다.

일라이저는 어느새 건너편 오하이오주의 강기슭까지 갔습니다. 그곳에서 이 광경을 모두 지켜보는 사람이 있었는데, 셸비 씨 집 근처에 살고 있는 심즈 씨라는 지주였습니다.

그는 강을 건너오는 사람이 일라이저인 것을 알고 손을 내밀어 부축해 주었습니다.

“용기가 정말 대단하군.”

“아아, 제발 도와주세요.”

“어찌 된 일이지, 일라이저?”

“주인님이 해리를 파셨어요. 그 악독한 노예 상인에게 해리를

넘겨줄 수 없어서 도망을 쳤습니다."

"걱정하지 마, 일라이저. 셸비 씨에게는 전혀 알리지 않을 테니까."

심즈 씨는 일라이저를 둑 위로 끌어올려 주면서 부드러운 목소리로 말했습니다.

"당신은 용감한 어머니요. 난 용감한 사람을 좋아하지."

심즈 씨는 큰길에서 조금 떨어진 곳에 있는 크고 보기 좋은 집을 가리켰습니다.

"저 집은 오하이오의 상원 의원인 버드 씨의 집이오. 그 집 사람들은 모두 친절하니까, 틀림없이 당신을 도와줄 거요. 그러니 걱정 말아요."

“고맙습니다. 정말 고맙습니다.”

일라이저는 진심으로 심즈 씨에게 감사했습니다.

“내게 감사할 것 없소. 당신의 용기 있는 행동이 바로 당신의 자유를 찾아 준 것이니까. 앞으로도 용기를 가지고 그 자유를 지켜 나가시오.”

일라이저는 해리를 꼭 껴안고, 버드 씨의 집 쪽으로 황급히 걸어 갔습니다.

한편, 헤일리는 일라이저가 무사히 강을 건너자 화를 참을 수가 없었습니다.

“저 못된 계집애! 운도 좋구나!”

그러고는 샘과 앤디에게 채찍을 휘둘러 대면서 바득바득 악을 썼습니다.

“이 녀석들, 이게 다 너희가 게으름을 피워서 이렇게 된 거야! 너희도 가만두지 않겠어! 그리고 저 계집애는 꼭 잡고야 말 테다.”

그렇지만 당장은 어찌해 볼 도리가 없었습니다. 그는 가까운 여인숙에서 잠시 쉬기로 했습니다.

노예잡이 사나이들

가까운 여인숙에 들어간 헤일리는 맥이 빠져 있었습니다.

그는 술을 한 잔 시켜 놓고 어떻게 할 것인지 궁리하기 시작했습니다. 그때 현관 쪽에서 시끄러운 소리가 들리더니 키가 2미터쯤 되어 보이는 몸집이 육중한 사나이가 들어왔습니다.

헤일리는 그쪽을 돌아보면서 무릎을 탁 치며,

"옳지, 됐다! 나를 도와줄 사람이 나타났구나. 저 친구는 노예잡이 톰 로커가 틀림없어."

하고 중얼거렸습니다.

이윽고 로커라고 하는 인상이 매우 험한 그 사나이가 헤일리에게 다가왔습니다.

헤일리는 몹시 반가워하며 수선을 피웠습니다.

"아니, 자네 톰 로커 아닌가?"

"헤일리, 자네가 여긴 웬일인가? 이런 데서 다 만나다니 뜻밖인걸."

"로커, 마침 잘 만났네, 잘 만났어. 날 좀 도와줘야겠네."

"어쩐지 날 반기더라니……. 자넨 부탁할 일이 있을 때만 고분고분하거든."

"자네 요즘 노예잡이 일을 한다면서?"

헤일리가 심각한 표정으로 물었습니다.

톰 로커는 전에 헤일리와 함께 노예를 사고팔았던 사람이었습니다. 헤일리는 옆에 따라 들어온 키가 작고 턱이 뾰족한 사람을 힐끗 쳐다보면서 물었습니다.

"이분은 자네 친구이신가?"

"인사나 하지. 마커스, 이분은 노예 상인인 헤일리야. 이 사람은 나와 같이 노예잡이를 하고 있는 마커스라고 하네. 믿을 만한 친구니까 걱정하지 말고 어서 얘기해 보게."

마커스라는 사나이는 교활해 보이는 두 눈을 빠르게 굴리며 악수를 청했습니다.

"오, 헤일리 씨. 만나서 반갑습니다. 잘 부탁합니다."

세 사람은 무슨 흥미로운 일이라도 생긴 듯이 술과 담배를 시키고는 머리를 맞대고 수군거렸습니다.

헤일리는 로커에게 그동안 일어난 일들을 차근차근 이야기하기 시작했습니다.

"무슨 수를 써서라도 그 여자를 붙잡아 달란 말이야. 여자는 자네들이 마음대로 해도 좋아! 나는 아이만 있으면 되니까."

"좋아, 이 일을 맡기로 하지."

두 사람은 흔쾌히 허락했습니다.

세 사람이 보물이라도 찾은 것처럼 신이 나서 지껄이는 동안 샘과 앤디는 밖에서 헤일리를 기다리고 있었습니다. 자기들 마음대로 출발할 수가 없었기 때문입니다.

갑자기 로커가 소리쳤습니다.

"우리가 여자와 아이를 잡으려면 지금 하고 있는 일을 포기해야 하니 착수금이나 내놓게. 이것 봐! 우리는 이렇게 일거리가 많다고."

로커는 일어서면서 품속에서 커다란 종이를 펼쳐 꺼내 보였습니다.

그 종이에는 도망친 노예들의 이름과 그들을 잡으면 받게 되는 보상금 액수가 적혀 있었습니다.

헤일리는 결국 로커에게 50달러를 주었습니다.

그들은 밤 10시가 넘어서야 이야기를 끝냈습니다. 그 바람에 샘과 앤디는 한밤중이 되어서 집에 도착했습니다.

초조한 마음으로 기다리고 있던 셸비 부인이 베란다로 나와 현관에 도착한 그들에게 물었습니다.

"샘, 어떻게 되었지?"

부인의 목소리는 떨리고 있었습니다.

"예, 헤일리 씨는 지금 주막에 있습니다."

"그럼 일라이저는?"

부인이 불안한 듯 물었습니다.

"걱정하지 마십시오. 기적이 일어났습니다. 일라이저는 무사히 강을 건넜습니다."

부인은 수선스럽게 떠들어 대는 샘의 말을 이해하지 못했습니다.

"샘, 이리 들어와서 자세히 이야기해 봐."

옆에 있던 셸비 씨가 말했습니다.

"네, 주인님. 하느님이 도우셨습니다. 일라이저는 미시시피강 위에 떠 있는 얼음덩이를 하나씩 뛰어넘어 강을 건넜습니다. 저쪽 강가에 닿자 어떤 신사분이 일라이저의 손을 잡아 주었습니다."

“일라이저와 해리는 무사하겠지요?”

셸비 부인이 걱정스러운 듯이 셸비 씨에게 물었습니다.

“아마 그럴 테지.”

셸비 씨는 일라이저가 도망쳐서 자기 입장이 난처해졌기 때문에 별로 기쁘지가 않았습니다.

그러나 셸비 부인은 무척 기뻐했습니다.

“자, 샘. 이제 물러가도 좋다.”

샘은 다른 노예들이 모여 있는 식당으로 갔습니다. 사방에서 하인들이 몰려들며 일라이저가 잡혔는지 물어보았습니다.

“샘, 어떻게 됐어?”

“일라이저를 도망치게 하려고 꾀를 많이 냈지. 아침에도 말안장에 쐐기를 넣어 두고서 연극을 했지. 거기다 일부러 길을 돌아가게 하느라고 무척 애썼네.”

샘은 영웅이나 된 듯이 쉴 새 없이 떠들어 댔고, 다른 노예들은 일라이저가 무사히 강을 건넜다는 말을 듣고는 샘의 허풍에 맞장구를 치며 좋아했습니다.

버드 씨의 집

꼬박 이틀 동안 자리에 누워 있던 일라이저가 눈을 떴습니다. 일라이저의 눈에 들어온 것은 어느 부잣집 천장이었습니다. 사람들이 웅성거리는 소리가 들리자 어찌 된 영문인지 몰라 두려울 뿐이었습니다.

"대체 어찌 된 일이지요? 당신들은 누구세요?"

일라이저는 떨리는 목소리로 물었습니다.

"이제야 정신이 드나 봐요."

기품 넘치는 부인이 다가오며 상냥하게 대답했습니다.

"여기엔 당신을 해칠 사람이 아무도 없어요. 그러니 마음을 푹 놓으세요."

일라이저는 고개를 돌려 옆을 보았습니다. 하녀인 듯한 여자와 이 집의 안주인인 듯한 중년 부인이 근심스러운 얼굴로 바라보고 있었습니다.

일라이저는 눈물을 흘리며 벌떡 일어나 소리쳤습니다.

"아아, 우리 해리는 어디 있지요?"

부엌 구석에서 불을 쬐고 있던 해리가 엄마의 목소리를 듣고는 얼른 달려왔습니다.

"엄마! 나 여기 있어요!"

"오, 해리! 무사했구나!"

일라이저는 달려오는 해리를 부둥켜안았습니다. 그러고는 애원하는 눈길로 부인을 쳐다보며 울먹였습니다.

"마님, 불쌍한 저희를 도와주세요."

부인은 일라이저를 의자에 앉히며 말했습니다.

"쯧쯧, 가엾어라……. 이제는 안심해도 돼요. 어찌 된 일인지 차근차근 얘기해 봐요."

이 친절한 부인은 상원 의원 버드 씨의 부인이었습니다.

일라이저는 부인에게 그동안 있었던 일들을 이야기했습니다. 셸비 씨가 해리를 노예 상인에게 넘기려 했던 일, 다정했던 톰 아저씨의 집을 떠나 도망친 일, 어젯밤 미시시피 강변에서 얼음덩이를 타고 건너온 일 등을 모두 들려주었습니다.

버드 부인은 때로는 놀라기도 했고, 그들 모자가 가엾어서 어쩔 줄 몰라 하기도 했습니다.

"그럼 앞으로 어떻게 할 생각인가요?"

"캐나다로 가야 해요. 남편이 그곳으로 갔답니다."

일라이저가 대답했습니다.

"캐나다로 간다고요? 딱하기도 하지. 얼마나 먼 곳인데……."

혀를 차던 버드 부인은 하녀에게 일렀습니다.

"부엌 옆방에 이분이 쉴 수 있도록 침대를 준비해 줘요."

부인의 남편인 버드 씨는 오하이오주의 상원 의원으로 며칠 동안 계속된 의회에 참석했다가 집으로 돌아와 난롯가에서 신문을 보고 있었습니다.

친절하고 점잖은 버드 부인은 쉬고 있는 남편에게 차를 권하며 일라이저 모자의 이야기를 했습니다.

"그런데 여보……."

버드 씨가 걱정스러운 듯이 부인을 불렀습니다.

"왜요?"

"이번 의회에서 켄터키주에서 도망쳐 오는 노예를 구조하는 것을 금지하는 법이 통과되었소. 내일이라도 날이 밝기만 하면 저 여자를 잡으려고 노예 상인의 앞잡이들이 쫓아올 거요.”

“그런 법을 만들다니, 부끄럽지도 않으세요?”

“감정만으로 해결할 수 있는 일이 아니오. 정치적으로 켄터키주와 오하이오주가 대립하면 안 되기 때문이오.”

그러나 부인은 단호하게 말했습니다.

“저는 정치 같은 것은 전혀 몰라요. 하지만 목숨을 걸고 도망친 저 모자를 도와주는 것이 하느님의 뜻이라는 것만은 잘 알고 있어요.”

몹시 난처해진 버드 씨는 잠시 망설이다가 할 수 없다는 듯이 고개를 내저으며 말했습니다.

“그렇다면 할 수 없소. 오늘 밤 안으로 다른 곳으로 옮겨 가도록 해 주겠소. 내가 직접 돌봐 주도록 하지.”

부인은 눈을 반짝이며 흡족한 얼굴로 남편을 바라보았습니다.

이윽고 부인은 일라이저 모자가 갈아입을 옷가지를 준비했습니다. 이른 봄이라고는 하지만 아직 바람이 차서 다 찢어진 옷으로 강을 건너기가 어려웠기 때문입니다.

부인은 옷가지를 들고 깊은 잠에 빠진 일라이저를 흔들어 깨웠습니다.

“일라이저, 일어나요. 어서 여기를 떠나야 해요!”

“아니, 무슨 일이 생겼나요? 혹시 노예 상인이……?”

일라이저는 깜짝 놀라며 벌떡 일어나 앉았습니다.

“아직은 아니지만, 곧 이곳에 들이닥칠 거래요. 제 남편이 직접 다른 곳으로 옮겨 드릴 테니 이 옷으로 갈아입고 얼른 준비하세요.”

“고맙습니다, 마님. 이 은혜를 어떻게 갚아야 할지…….”

일라이저는 자꾸만 흐르는 눈물을 닦으며 말했습니다.

"하느님이 도와주실 거예요. 몸조심하고……, 꼭 남편을 만나도 록 기도할게요."

버드 부인은 눈물을 글썽이며 인사를 나누었습니다.

버드 씨와 쿠조 할아범은 일라이저 모자를 마차에 태워 트로프 씨 농장으로 데려갔습니다. 트로프 씨는 도망쳐 오는 흑인들을 숨 겨 주고 도와주는 마음씨 좋은 지주였습니다.

길이 몹시 험했습니다. 장마가 끝난 뒤라 형편 없이 진창이 되어 있었습니다.

"아, 이제야 도착했군!"

버드 씨가 중얼거리며 마차에서 뛰어내려 대문을 두드렸습니 다. 한참 만에야 창문이 환해지면서 농장 주인이 촛불을 들고 나 왔습니다. 키가 2미터나 되었으며, 빨간 플란넬 사냥 셔츠를 입고 수염을 기르고 있었습니다.

"아니, 이 새벽에 대관절 무슨 일이오?"

농장 주인이 일행을 훑어보며 물었습니다.

"도망쳐 온 불쌍한 흑인 노예들을 당신이 도와준다는 얘기를 듣 고 왔는데요."

버드 씨가 이렇게 말하자 트로프 씨는 믿음직스럽게 말했습 니다.

"그럼요, 도와주고말고요!"

버드 씨는 일라이저 모자 이야기를 자세히 들려주고는, 아마 내일 아침쯤이면 노예잡이 사나이들이 마을로 들어와 찾아다닐 것이라고 덧붙였습니다.

"아, 잘 알겠소. 아무 염려 마시오! 여기 찾아오는 자가 있으면 내가 직접 상대해 주리다. 노예 상인의 앞잡이 따위를 겁낼 내가 아니오."

트로프 씨는 벽에 걸려 있는 사냥총을 가리켰습니다.

일라이저의 창백한 얼굴엔 어느덧 눈물이 어려 있었습니다.

"엄마! 무서워요. 우린 이제 어떻게 되는 거예요?"

잠에서 깬 해리가 주위를 둘러보며 물었습니다.

"해리야, 아무 문제 없단다. 엄마가 옆에 있잖니. 그리고 이 아저씨들이 우리를 도와주실 거야."

이들 모자의 이야기를 듣고 있던 트로프 씨가 말했습니다.

"일라이저, 당신 집처럼 생각하고 마음 편히 있어요."

"트로프 씨, 정말 고맙습니다."

버드 씨는 트로프 씨의 믿음직스러운 모습을 보고는 흐뭇해 했습니다. 그리고는 일라이저 모자에게 주라며 약간의 돈을 트로프 씨에게 건네고는 마차를 타고 돌아갔습니다.

팔려 가는 톰 아저씨

이른 봄의 하늘은 비가 쏟아질 듯이 온통 어두워져 있었습니다.
톰 아저씨는 통나무집의 창으로 2월의 아침 풍경을 우울하게 내다
보고 있었습니다.

클로 아주머니는 통나무집 난로 옆에 앉아 떠나는 톰 아저씨를
위해 다림질을 하고 있었습니다. 불 옆에 놓인 의자에는 갓 다림
질한 깨끗한 셔츠가 곱게 정돈되어 있었습니다.

클로 아주머니는 또 다른 셔츠를 매우 조심스럽고 꼼꼼하게 다
림질하면서, 볼을 타고 하염없이 흘러내리는 눈물을 계속 닦아 냈
습니다.

톰 아저씨는 의자에 앉아서 성경을 펼쳐 놓은 채 손에 머리를 기

대고 있었습니다. 둘 다 아무 말도 하지 않았습니다.

아직 이른 시간이라서 아이들은 작고 조잡하게 만든 낮은 침대에 모두 함께 누워 잠을 자고 있었습니다.

톰 아저씨는 의자에서 일어나 침대로 다가가서는, 잠든 아이들의 얼굴을 조용히 바라보았습니다.

"이제 아이들과도 마지막이로군."

톰 아저씨는 쓸쓸한 목소리로 말했습니다.

다림질을 하던 클로 아주머니는 그 이야기를 듣고는 다리미를 집어던지고 엉엉 소리 내어 울기 시작했습니다.

"주인님이 나빠요! 도대체 마누라나 아이들보다 더 정성껏 주인님을 섬겨 온 영감을 파는 법이 어디 있어요. 얼마 뒤에는 자유의 몸이 되게 해 주겠다고 약속까지 하시고는."

클로 아주머니는 울면서 소리쳤습니다.

"여보, 그게 무슨 말이오. 이 모든 일이 하느님의 뜻이고 은혜요. 나는 어떤 일도 견뎌 낼 수 있으니 당신이나 아이들이 팔려 가는 것보다 훨씬 잘된 일이오."

그러나 클로 아주머니는 퉁명스럽게 대답했습니다.

"아무튼 당신을 판다는 건 잘못된 일이에요."

"여보, 하늘에 계신 하느님께 모든 걸 맡깁시다. 주인님도 하고 싶어서 하신 일은 아니잖소."

"알았어요. 이젠 말하지 않겠어요. 내가 만든 요리를 언제 또 잡숫게 될지 모르니 식사 준비를 해야겠어요."

클로 아주머니는 그 어느 때보다 정성스럽게 마지막 식사를 준비했습니다.

이른 아침 준비한 닭을 톰 아저씨의 입맛에 맞추어 요리하고, 정성을 다해 큰 케이크를 만들었습니다. 그리고 아주 특별한 때가 아니면 꺼내지 않는 진귀한 술을 벽난로 위 선반에서 꺼냈습니다.

준비를 마친 클로 아주머니는 아이들을 깨웠습니다.

모두가 식탁 위에 차려진 진수성찬을 보고 깜짝 놀라면서 급히 먹으려다 톰 아저씨의 눈치를 보았습니다.

클로 아주머니는 울먹이며 말했습니다.

"이것이 아빠와 함께하는 마지막 식사가 될지도 모른다."

아이들은 푸짐한 음식에 즐거워 처음에는 엄마의 말이 무슨 뜻인지 몰랐지만, 엄마가 소리 내어 울자 모두 따라서 울기 시작했습니다.

톰 아저씨가 아이들을 달래느라 정신이 없을 때 셸비 부인이 들어왔습니다. 클로 아주머니는 평소와 달리 셸비 부인을 힐끗 보고는 의자에 털썩 주저앉아 버렸습니다.

셸비 부인은 창백한 표정으로 말했습니다.

"톰, 정말정말 미안해."

그러고는 흐느껴 울기 시작했습니다.

"어머나, 마님. 울지 마세요."

클로 아주머니가 놀라며 셸비 부인을 부축하다 말고 따라서 울기 시작했습니다. 톰 아저씨네 오두막은 또다시 울음바다로 변해 버렸습니다.

이때 노예 상인 헤일리가 타고 온 마차 소리가 들렸습니다.

클로 아주머니는 톰 아저씨의 짐을 꾸렸습니다.

"영감, 신경통이 생기면 이 두터운 옷을 입도록 해요. 여기 따로 접어 넣었어요. 양말은 이쪽에 있고요. 이제 양말은 누가 꿰매어 주지요?"

클로 아주머니는 깊은 한숨을 내쉬었습니다.

"또 영감이 병들면 누가 간호해 주겠어요?"

톰 아저씨는 아무 말도 하지 않고 묵묵히 일어나서 짐을 등에 메고는 헤일리의 마차로 갔습니다.

현관에 서 있던 헤일리가 소리쳤습니다.

"야, 빨리빨리 움직이지 못해! 게으른 검둥이 같으니라고!"

짐을 실은 톰 아저씨는 헤일리를 향해 말했습니다.

“네, 지금 출발할 수 있습니다.”

헤일리 옆에는 주인 셸비 씨와 부인, 그리고 다른 노예들이 서 있었습니다.

“톰 아범!”

셸비 씨는 상냥하게 톰을 불렀습니다.

“예, 주인님.”

“이제부터는 헤일리 씨가 톰 아범의 주인이 되었소. 나는 톰 아범을 팔고 싶진 않았지만…….”

셸비 씨는 말을 잇지 못했습니다.

“돈이 되는 대로 아범을 도로 데려오도록 할게요. 헤일리 씨, 톰 아범을 산 사람의 이름을 저희에게 알려 주시면 고맙겠습니다. 꼭 부탁드리겠어요.”

셸비 부인이 부탁했습니다.

“1년쯤 지나면 다시 데려와서 좋은 값으로 부인께 팔지요.”

헤일리가 대답했지만 믿음이 가지 않았습니다. 일라이저를 놓친 채 돌아온 헤일리는 기분이 몹시 상해 있었기 때문에 아무도 더 이상 말을 건네지는 않았습니다.

헤일리는 마차 밑에서 족쇄를 꺼내 톰 아저씨의 양쪽 발에 채웠습니다.

이 모습을 보고 있던 톰 아저씨의 아이들이 매달리자 클로 아주머니는 그 자리에 주저앉아 울기 시작했습니다.

"헤일리 씨, 톰은 정직하고 나이도 들었으니 제발 족쇄만은 풀어 주시지요."

셸비 부인이 몹시 안타까워하며 부탁했습니다.

"뭐라고요! 500달러짜리를 놓치게 해 놓고는 또 그런 말을 하십니까? 이제는 속지 않습니다."

헤일리는 퉁명스럽게 대답했습니다.

마지막으로 톰 아저씨는 자기 주위에 둘러서 있는 하인들과 가족들을 차례로 돌아보며 말했습니다.

"조지 도련님을 못 보고 떠나 섭섭하군요. 자, 그럼 여러분, 부디 안녕히 계십시오."

조지는 톰 아저씨가 팔려 가는 것도 모른 채 친구 집에서 놀고 있었습니다.

이윽고 헤일리의 마차는 사람들의 슬픔을 뒤로 하고 움직이기 시작했습니다. 마차는 어느새 셸비 씨 집에서 멀리 사라지고 있었습니다.

톰 아저씨는 마차 속에서 오두막에 모여서 노래를 불렀던 일, 가족들, 도망간 일라이저와 해리를 생각했습니다.

얼마나 달렸을까요? 넓은 벌판을 지나 마차는 어느 외딴 대장간 앞에 다다랐습니다. 헤일리는 톰 아저씨에게 수갑을 채울 생각이었는데, 톰 아저씨의 손이 너무 커서 맞지 않았습니다. 그래서 수갑을 고치려고 마차를 세운 것이었습니다.

헤일리는 대장장이에게 톰 아저씨에게 채울 수갑을 내밀며 말했습니다.

"이걸 좀 크게 늘여 줘요. 저 사람에게 채울 수 있도록."

대장장이는 마차 안을 보더니 고개를 갸우뚱거렸습니다.

"아니, 셸비 씨네 톰 아범 아니오?"

"저 노예는 내가 샀소."

헤일리가 자랑스럽다는 듯이 대답했습니다.

"톰이 팔렸다고요? 그렇다면 톰에겐 수갑 같은 것은 필요 없어요. 정말 정직하고 착한 사람이니까."

헤일리와 대장장이가 이런 말을 주고받는 동안 톰 아저씨는 마차에 남아서 고개를 숙이고 쓸쓸히 앉아 있었습니다.

그때 멀리서 급히 달려오는 말발굽 소리가 들렸습니다. 쏜살같이 달려와 말에서 내린 사람은 다름 아닌 셸비 씨의 아들인 조지였습니다.

"나는 도련님을 못 보고 가게 되는 줄 알았어요. 잘 와 주었군요. 보고 가게 돼서 정말 기뻐요."

"너무해요, 너무해. 아저씨를 팔다니! 내가 어른이었다면 이런 일은 생기지 않았을 텐데……."

조지는 톰의 목에 매달려 울다가 족쇄를 보고 놀랐습니다.

"아니, 이런 나쁜 놈. 내가 가만두지 않을 거야."

조지는 주먹을 불끈 쥐었습니다.

"안 됩니다. 도련님이 그러시면 제가 더 구박을 받아요."

조지는 톰 아저씨의 말에 어쩔 수 없다는 듯이 입술을 깨물며 씩씩거렸습니다.

"톰 아저씨, 가엾은 아저씨를 위해 제가 저금해 두었던 돈을 가져왔어요. 구멍을 뚫어 실에 꿰었으니 목에다 걸 수 있어요. 자, 얼른 목을 내밀어 보세요."

톰 아저씨는 조지가 시키는 대로 목을 내밀었습니다.

조지는 은화 몇 닢을 톰 아저씨의 목에 걸어 주었습니다.

"이렇게 목에 걸고 셔츠를 채우면 아무도 모를 거야. 이 은화를 볼 때마다 나를 생각해 줘요. 그리고 어른이 되면 톰 아저씨를 꼭 데리러 갈 테니 그때까지만 기다려 줘요."

"정말 고맙습니다. 부디 훌륭한 사람이 되셔야 합니다."

이때 헤일리가 수갑을 고쳐서 대장간에서 나왔습니다.

조지는 말을 타러 가면서 헤일리를 노려보았지만 톰 아저씨에게 나쁜 짓을 할까 봐 아무 말도 하지 못했습니다.

조지가 말에 올라타자 톰 아저씨는 눈물을 닦으며 말했습니다.

"도련님, 부디 안녕히 계세요."

"잘 가요. 제가 갈 때까지 참고 기다려야 해요."

조지는 울먹이며 손을 흔들었습니다.

헤일리는 수갑을 내던지면서 말했습니다.

"이봐, 검둥이! 도망치거나 하면 그냥 두지 않겠다. 얌전하게만 있으면 나도 심하게 하지 않을 거야."

"도망을 가다니요. 그럴 리가 있겠습니까?"

톰 아저씨는 공손히 대답하면서도 눈으로는 조지의 뒷모습을 좇고 있었습니다.

배를 타고

드높은 푸른 하늘 밑에 오하이오주의 호화로운 정기선 라 벨 리 비에엘호가 미국의 성조기를 휘날리며 미시시피강을 미끄러지듯 달리고 있었습니다.

차림이 단정한 신사 숙녀들이 상갑판에서 들뜬 마음으로 이야기를 하거나 웃고 있었습니다. 여자들은 이야기를 하면서 한가로이 뜨개질을 하고, 아이들은 배 위가 운동장인 듯 맘껏 뛰어놀고 있었습니다.

그러나 배의 한구석에는 알 수 없는 곳으로 팔려 가는 노예들이 짐과 가축들 틈에 뒤섞여 웅크리고 있었습니다.

톰 아저씨도 팔려 가는 노예들 가운데 하나였지만, 헤일리가 톰의 정직하고 착한 성품을 알았는지 족쇄를 풀어 주어 배 안을 자유롭게 걸어 다닐 수 있었습니다.

헤일리는 톰 아저씨 말고도 노예 시장에서 노예를 몇 사람 더 사서 남부에 가서 팔 작정이었습니다. 이들도 다른 노예들과 마찬가지로 족쇄에 묶여 웅크리고 있었습니다.

톰 아저씨는 몸이 자유로웠지만 함부로 돌아다니지는 않았습니다. 배가 부두에 닿을 때마다 짐을 내리고 올리는 것을 도와주었고, 켄터키에서 그랬던 것처럼 위급한 일에는 늘 앞장섰습니다.

헤일리는 톰과 다른 노예들을 어떻게 하면 좋은 가격에 팔 수 있을지 생각하며 이곳저곳을 기웃거리며 돌아다녔습니다.

어느 항구에 닿았을 때 배에서 내렸던 헤일리가 아이를 안고 있는 흑인 여자를 데리고 돌아왔습니다. 여인은 기쁜 듯이 웃고 있었습니다.

뱃고동을 길게 울리며 증기선이 굴뚝으로 연기를 내보냈습니다. 그러고는 서서히 출발했습니다.

헤일리는 그 여자를 노예들이 있는 곳으로 끌고 오더니 크게 소리쳤습니다.

"너는 여기에 있어. 이제부터 너와 이 아이의 새 주인은 바로 나야."

그 여인은 깜짝 놀라며 헤일리를 향해 소리쳤습니다.

"무슨 소리예요. 당신은 나를 루이스빌까지만 데려다주기로 했잖아요? 제 주인님이 그렇게 말씀했어요."

"그 주인이 너를 내게 팔았단 말이야."

"그럴 리가 없어요, 그럴 리가!"

"네가 속은 거야. 자, 이 계약서를 보라고."

자기가 팔린 것을 알게 된 여인은 아이를 끌어안고 짐짝 위에 아무렇게나 걸터앉아 바다만 바라보았습니다.

"알겠어요, 주인님."

그러고는 이내 입을 다물어 버렸습니다.

산들바람이 머리카락을 휘날리고 지나가자 여인의 눈에서 주르르 눈물이 흘러내렸습니다.

그러나 아무것도 모르는 아이는 엄마의 무릎 위에서 재롱을 부리며 놀고 있었습니다.

멀리서 이를 지켜보던 한 승객이 헤일리 곁으로 다가와 나직이 속삭였습니다.

"저 아이를 내게 팔겠소?"

"마침 잘됐군. 아이들은 귀찮거든. 얼마를 내겠소?"

"얼마에 팔겠소?"

헤일리는 그 아이를 힐끗 보더니 이죽거리며 대답했습니다.

"50달러 이하로는 팔지 않겠소."

"너무 비싸요."

"좋아요. 그럼 45달러만 내시오."

"좋소!"

그렇게 5분도 안 되는 사이에 그 여인의 아이는 또 다른 사람에게 팔려 가게 되었습니다.

배가 루이스빌에 닿았을 때, 여인이 아이를 재워 놓고 혹시나 자기를 마중 나온 사람이 없는지 서성거리는 틈에 새 주인이 아이를 데리고 가 버렸습니다.

배가 항구에서 다시 멀어진 뒤, 자리로 돌아온 여인이 아이가 보이지 않자 헤일리에게 물었습니다.

"아니, 우리 아이 어디 있나요?"

"귀찮아서 다른 사람에게 팔아 버렸어."

헤일리는 아무렇지도 않게 대답했습니다.

여인은 아무 말도 못 하고 팔을 축 늘어뜨린 채 강물만 뚫어져라 바라보더니 그 자리에 풀썩 쓰러졌습니다.

톰 아저씨는 이 광경을 쭉 지켜보다가 가슴이 찢어질 것 같아 그 여인을 부축해 주려 했습니다.

그러자 그 여인이 버럭 소리를 질렀습니다.

"나를 내버려둬!"

밤이 되었습니다. 그 여인은 아무것도 먹지 않고 아무 말도 하지 않은 채 허공만 바라보고 있었습니다.

톰 아저씨는 계속 그 여인을 지켜보다 깜박 잠이 들었습니다. 잠시 후 누군가 옆을 스치는 느낌이 들더니 이윽고 뱃전에서 요란한 물소리가 들려왔습니다.

순간 톰 아저씨는 여인을 찾아보았습니다. 그러나 무심한 달빛만이 비칠 뿐 여인은 보이지 않았습니다.

이튿날 아침, 헤일리가 당황해서 허둥지둥 그 여인을 찾았지만 어느 곳에서도 보이지 않았습니다.

"톰! 그 여자 못 봤어?"

헤일리의 물음에 톰은 자기가 본 대로 설명해 주었습니다.

그러나 헤일리는 전혀 동정하는 기색도 없이 내뱉었습니다.

"빌어먹을, 재수 없는 검둥이구먼!"

그러고는 매매 계약서를 찢어 버렸습니다.

에바와의 만남

배 위에서 생활한 지도 벌써 여러 날이 되었습니다.

어느 날 톰 아저씨가 뱃머리에 앉아 성경을 읽고 있으려니까, 귀여운 소녀 한 명이 그의 곁으로 다가왔습니다.

명주실같이 부드러운 금발에 호수처럼 파란 눈이 귀여운 그 소녀는 누구나 한 번 보면 다시 돌아보게 하는 사랑스러운 아이였습니다.

그 소녀는 가끔 노예들에게 호두와 과자를 골고루 나누어 주고는 족쇄를 만지며 안타까워했습니다.

톰 아저씨는 이 소녀와 친해지고 싶었지만, 노예는 백인에게 함부로 말을 걸 수가 없었습니다.

어느 날 톰 아저씨는 소녀의 관심을 끌려고 호두로 인형을 만들어 선물해 주었습니다. 소녀는 카나리아처럼 앙증맞은 모습으로 파란 눈을 반짝이며 감탄했습니다.

"참 예쁜 인형이네요."

소녀는 마치 새가 지저귀는 것처럼 고운 목소리로 사람의 마음을 편안하게 해 주었습니다.

톰 아저씨는 조심스럽게 말을 건넸습니다.

"아가씨, 참 귀엽고 예쁘네요. 이름이 뭐지요?"

"에반제 세인트 클레어라고 해요. 하지만 모두 에바라고 불러요. 아저씨는요?"

"나는 톰이라고 해요. 켄터키에서는 모두들 톰 아저씨라고 불렀지요."

"그럼 나도 톰 아저씨라고 불러도 돼요?"

"물론이지요."

"톰 아저씨, 저는 아저씨가 참 좋아요."

"고맙습니다, 아가씨."

"그런데 어디로 가는 길이에요?"

"글쎄요. 어디로 가는지 저도 모른답니다."

"왜 가는 데를 모르세요?"

“그건 제가 어디로 팔려 갈 것인지 모르기 때문이죠.”

“저런……. 아, 좋은 생각이 있어요. 아빠가 아저씨를 살 수 있을 거예요. 아저씨가 우리 집에 오시면 얼마나 좋을까요.”

“그렇게만 된다면 얼마나 기쁠까요.”

그때 배가 항구에 닿았습니다. 에바는 아버지에게 가려고 갑판 위로 뛰어올랐습니다.

부두에 닿았던 배가 목재들을 모두 싣고는 기적 소리를 내며 떠나려는 순간 배가 기우뚱 흔들렸습니다.

그때 갑판 위로 올라가고 있던 에바가 중심을 잃고 난간을 놓치는 바람에 물속으로 풍덩 빠지고 말았습니다.

소녀의 뒤를 쫓아 물에 뛰어들려고 하는 아버지 오거스틴 세인트 클레어 씨를 사람들이 붙잡았습니다.

이 광경을 보고 있던 톰 아저씨는 생각할 겨를도 없이 물속으로 뛰어들어 허우적거리는 에바를 끌어안고 뱃전으로 올라왔습니다. 사람들이 소녀를 받아 선실로 옮겼습니다.

얼마 후 에바는 조용한 선실에서 정신을 차렸습니다. 눈을 떠 보니 아버지와 톰 아저씨가 걱정스러운 얼굴로 서 있었습니다.

“아빠, 어떻게 된 거예요? 톰 아저씨가 절 구해 주신 건가요?”

에바의 아버지는 아이의 손을 톰의 손에 쥐어 주며 말했습니다.

"그래. 이 아저씨가 우리 에바를 살려 주셨단다."

에바의 아버지는 고맙다는 듯이 톰 아저씨의 얼굴을 바라보며 다정하게 말했습니다.

다음 날 배는 뉴올리언스에 다가가고 있었습니다.

뒷갑판의 목화 꾸러미를 사이에 두고, 에바의 아버지와 헤일리가 흥정을 하고 있었습니다.

에바는 걱정스런 얼굴로 이들을 번갈아 보았습니다.

헤일리는 톰 아저씨의 증명서를 펼쳐 보였습니다.

"참 괜찮은 녀석이죠. 이만한 검둥이는 좀처럼 찾기 힘듭니다. 척 보면 아시겠지만요."

"증명서는 안 봐도 좋소. 그런데 얼마를 내면 되겠소?"

에바의 아버지는 입가에 엷은 미소를 띠며 말했습니다.

"헤헤, 저는 본전만 받으면 됩니다. 따님이 톰을 좋아한다니까 1,000달러만 주십시오. 이건 정말 본전밖에 안 됩니다."

"밑지는 장사를 하면 안 되지."

"이건 장사도 아닙죠."

이런 흥정이 한참 동안 오고 간 뒤, 돈 꾸러미가 헤일리에게 넘어가고 에바의 아버지가 톰의 증명서를 받아 들었습니다.

그 순간 에바는 톰 아저씨에게 쏜살같이 달려갔습니다.

"톰 아저씨! 이제 됐어요. 저희 집으로 같이 가면 된다고요."

에바는 얼굴 가득 미소를 띠고 톰의 목에 매달렸습니다.

톰 아저씨도 기뻐하며 목멘 소리로 대답했습니다.

"아가씨, 고맙습니다."

이윽고 에바의 아버지가 가까이 다가왔습니다.

"고맙습니다, 주인님. 하느님의 은총을 받으시길 빕니다."

톰 아저씨의 눈에는 어느새 눈물이 고였습니다.

"응, 나도 고맙소. 그런데 톰, 마부 노릇은 할 수 있겠지?"

"예, 말 다루는 일은 익숙합니다."

"그럼 됐어. 집에 가면 당신을 마부로 쓰도록 하지. 그러나 술에 취하면 안 되네."

"주인님, 천만의 말씀입니다. 전 술은 한 방울도 못 마십니다."

"그렇다면 좋지. 사실인지 아닌지는 곧 알게 될 테지만."

"아빠, 그만하세요. 아저씨, 아빠는 좋은 분이에요. 그런데 남을 놀리는 버릇이 조금 있어요."

톰 아저씨가 에바의 이야기를 매우 신중히 듣자 에바의 아버지는 재미있다는 듯이 환하게 웃었습니다.

에바의 집

  톰 아저씨를 새 식구로 맞은 에바는 날아갈 듯이 기쁘기만 했습니다. 톰 아저씨는 한 손에 무거운 트렁크를 들고 다른 한 손에 에바의 손목을 꼭 쥐고 뉴올리언스 항구에서 에바의 집으로 향하고 있었습니다.

  에바의 아버지 클레어 씨는 루이지애나주의 유복한 농장 주인의 아들로, 뉴올리언스에서 부유하게 살고 있었습니다.

  그러나 그의 아내 마리는 몸이 약해 많은 하인을 거느릴 수가 없었습니다. 그래서 클레어 씨는 사촌 누이인 오필리어에게 하인들의 감독을 맡기기로 하고, 북부에서 홀로 지내고 있던 누이와 함께 집으로 돌아가는 길이었습니다.

항구에는 에바 일행을 태우고 갈 마차가 준비되어 있었습니다. 그들은 마차를 타고 뉴올리언스에서도 으뜸가는 훌륭한 저택인 에바의 집에 도착했습니다.

세인트 클레어 씨는 대학을 졸업하고, 북부 출신의 어여쁜 아가씨와 약혼을 했었습니다. 그러나 결혼 준비를 위해 남부로 돌아왔을 때, 뜻밖의 편지가 날아왔습니다.

그 편지는 약혼자의 부모에게서 온 것이었는데, 그의 약혼녀가 다른 사람의 부인이 되었다는 내용이었습니다.

세인트 클레어 씨는 미칠 것만 같았습니다. 그는 괴로움을 잊으려고 사교계에 발을 들여놓았습니다. 그러다가 마리를 알게 되었습니다. 마리는 사교계에 이름이 알려진 부잣집 딸로, 두 사람이 결혼할 때 그녀는 어마어마한 지참금을 갖고 왔습니다.

그러나 마리는 한 가정의 주부 역할을 잘 해내지 못했습니다. 집 안일에는 흥미가 없었고 집에 있는 날은 머리가 아프다며 늘 누워 있기만 했습니다. 그런 태도는 에바를 낳고 나서도 변하지 않았고, 오히려 에바를 귀찮아하기까지 했습니다.

그에 비해 오필리어는 북부 여인이라서 그런지 자립심이 매우 강했습니다. 그녀는 자신의 일을 하인들에게 절대 맡기지 않았습니다.

배에서 내리려고 할 때도 에바가 자신의 물건을 스스로 정리하지 않자 오필리어는 잔소리를 했습니다.

"에바, 배에서 내릴 준비를 해야지. 짐은 잘 살펴보았니?"

에바는 톰 아저씨와 같이 집에 가게 되어 기쁜 나머지 짐은 아랑곳하지도 않았습니다.

"어디 좀 살펴보자. 아니, 양산을 이렇게 밖에 꺼내 두면 어떻게 하니?"

오필리어는 에바가 짐을 잘 챙기도록 도와주었습니다.

배에서 내릴 때에도 북부 여인답게 트렁크며 모자 상자들을 직접 들려고 했습니다.

"누님, 남부에서는 그렇게 하면 하녀인 줄 알아요."

세인트 클레어 씨는 이렇게 말하면서 큰 소리로 웃었습니다. 그러나 결국 오필리어 스스로 짐을 들고 내렸습니다. 둥근 모양의 대문을 들어서면 넓은 정원이 있고, 한가운데는 대리석을 깔아 놓은 연못이 있었습니다. 그 연못에서는 분수가 쉴 새없이 흰 물줄기를 뿜어 내고 있었습니다.

그 둘레에는 벨벳을 펼쳐 놓은 듯한 파란 잔디밭이 있었고, 그 안에 오렌지 나무 그늘과 장미밭이 있었습니다.

"오필리어 고모! 여기가 우리 집이에요. 참 아름답지요?"

에바는 신이 나는지 크게 외쳤습니다.

톰 아저씨는 그저 휘둥그레 놀란 얼굴로 사방을 두리번거리고 있었습니다.

오필리어는 소박한 북부 여인답게 궁궐처럼 화려한 집이 못마땅했습니다.

"아름답긴 하구나. 기독교 신자의 집 같진 않지만."

세인트 클레어 씨는 누이의 말을 듣고 빙그레 웃으며 톰을 돌아보았습니다.

"톰은 어때, 우리 집이 마음에 드나?"

"예, 주인님. 아주 훌륭한 집입니다."

켄터키의 셸비 씨 집도 훌륭했지만 이처럼 호화롭고 멋진 집은 처음 보았습니다.

에바는 현관에서 안뜰을 향한 방으로 토끼처럼 총총 뛰어갔습니다.

커튼을 친 방에 얼굴빛이 창백한 여인이 누워 있었습니다. 그 여인은 에바가 들어서자, 힘없이 눈을 떴습니다.

"엄마! 저 왔어요!"

부인에게 매달린 에바는 기뻐서 어쩔 줄을 모르며 이마에 계속 입을 맞추었습니다.

그러나 에바의 엄마인 마리는 귀찮다는 듯이 에바를 떠밀어 버렸습니다.

"이제 그만! 엄마는 하루 종일 머리가 아팠단다!"

그때 세인트 클레어 씨와 오필리어가 들어왔습니다. 세인트 클레어 씨는 아내에게 입을 맞추고는 누이 오필리어를 소개했습니다.

마리는 귀부인답게 우아하게 미소를 띠며 인사했습니다.

"잘 부탁드려요. 얘긴 많이 들었어요."

밖에서는 톰 아저씨가 하인들에게 둘러싸여 있었습니다. 세인트 클레어 씨는 밖으로 나와 하인들에게 톰 아저씨를 소개하고는 앞으로 마부의 일을 맡길 것이라고 일렀습니다.

세인트 클레어 씨는 마리에게 톰 아저씨를 인사시키려고 방으로 들어갔습니다.

"마리, 당신 마음에 들 만한 마부를 데려왔소. 당신 마차를 장례식 때처럼 늘 조용히 달리게 해 줄 거요."

마리는 긴 의자에 누운 채 톰을 바라보았습니다.

"또 술주정을 하는 건 아니겠지요?"

"이 사람은 술을 마시지 않는대요. 기독교 신자라는데."

"그걸 어떻게 믿어요? 흑인들은 거짓말만 하는데."

　짜증 섞인 부인의 말이 끝나자 톰 아저씨는 공손하게 인사를 하고는 다른 하인의 안내를 받아 자신의 숙소로 갔습니다.

　톰 아저씨가 나가자 마리가 말했습니다.

　"좀 어리숙해 보이는군요."

　세인트 클레어 씨는 부인 가까이 다가가 앉으며 나지막한 목소리로 이렇게 말했습니다.

　"그렇게 말하지 말아요. 그리고 긴 여행에서 돌아온 사람에게 따뜻한 말 한 마디도 안 해 줄 거요?"

　"너무 늦게 돌아오셨잖아요. 예정보다 무려 2주일이나 늦어지다니……."

　마리가 퉁명스럽게 말했습니다.

　"여행이 길어진 까닭을 편지에 썼잖소."

　"그렇게 짧게요?"

　"시간이 없었소. 배가 출발하기 직전이라서. 자, 그러지 말고 이 사진 좀 봐요."

　세인트 클레어 씨는 에바와 다정하게 손을 잡고 찍은 사진을 보여 주었습니다.

　"이상한 곳에 앉아 있군요."

　마리는 계속 짜증스럽다는 듯이 말했습니다.

“당신이 돌아오시니까 집 안이 더 시끄러워졌어요. 그래서 그런 지 머리도 더 아프네요.”

옆에서 대화를 듣고 있던 오필리어는 어이가 없었습니다. 그러 나 아픈 사람에게 차마 핀잔을 줄 수가 없어서 부드럽게 말했습 니다.

“올케는 머리가 자주 아픈가 봐요?”

“네, 아주 심해요. 머리뿐 아니라 온몸이 다 아파요. 그런데도 저이는 제가 꾀병을 부리는 거라네요. 정말 자상함이라곤 없는 사 람이지 뭐예요.”

세인트 클레어 씨는 따분한 표정으로 초인종을 눌렀습니다.

몸이 뚱뚱하고 마음씨 좋게 생긴 하녀가 들어왔습니다.

“마미 할멈, 오필리어 누님을 방으로 안내해 드려요.”

오필리어는 마미의 안내를 받아 거처할 방으로 갔습니다.

흑인 소녀 톱시

어느 날 아침, 오필리어는 집안일을 하느라 분주했습니다.

그때 세인트 클레어 씨가 계단 입구에서 그녀를 부르는 소리가 들렸습니다.

"누님, 이리 좀 내려오세요."

오필리어가 일감을 든 채 내려갔습니다.

"누님에게 드리는 선물이에요."

세인트 클레어 씨는 8, 9세쯤 되어 보이는 소녀를 오필리어에게 소개했습니다.

"어머, 오거스틴. 도대체 무엇하러 이런 여자 아이를 샀지?"

오필리어가 말했습니다.

“누님이 입버릇처럼 흑인을 교육시켜야 한다고 하셨잖아요. 그래서 이 애를 교육시켜서 훌륭한 사람으로 만드시라고요.”

세인트 클레어 씨가 대답했습니다.

“톱시, 누님에게 춤과 노래를 보여 드리렴.”

여자아이는 두 눈을 반짝이더니 간드러진 목소리로 괴상한 노래를 부르기 시작했습니다. 또 이상한 동작을 하며 정신없이 오필리어 주위를 빙빙 돌았습니다.

장난을 좋아하는 세인트 클레어 씨는 오필리어가 당황하는 모습을 보며 즐거워했습니다.

“오거스틴, 이 애를 어디서 데려왔지?”

“실은 제가 잘 가는 음식점에서 일하던 아이인데 주인에게 매를 맞고 있기에 하도 딱해서 데리고 왔어요. 누님이 잘 돌봐 주세요.”

오필리어는 조심스럽게 톱시 옆으로 다가가서 말했습니다.

“누군가 이 애를 목욕시켜 줘요.”

그러나 아무도 선뜻 나서지 않았습니다.

오필리어는 하는 수 없이 직접 목욕실로 데려가서 소녀의 몸을 깨끗이 씻겨 주었습니다. 음식점 주인에게 매를 맞아 어깨며 등에 여기저기 상처가 나 있었습니다.

그것을 본 오필리어는 톱시를 불쌍하게 여겼습니다.

오필리어는 톱시의 머리를 짧게 깎아 주고 깨끗한 옷을 입힌 다음 이것저것 물었습니다.

"애야, 넌 몇 살이니?"

"몰라요, 마님."

톱시는 수줍게 웃으며 말했습니다.

"자기 나이도 몰라? 그럼 엄마 이름은?"

"그것도 몰라요, 마님."

"그럼, 아빠는 누구지?"

"저는 아빠나 엄마가 누군지도 몰라요."

세인트 클레어 씨가 옆에서 듣고 있다가 거들었습니다.

"톱시는 태어나자마자 팔렸대요."

"그럼, 바느질은 할 줄 아니?"

"몰라요, 마님."

"누님, 어때요? 교육시킬 보람이 있겠지요?"

세인트 클레어 씨는 재밌다는 듯이 웃으며 말했습니다.

이튿날 오필리어는 톱시를 자기 방으로 데리고 가서 침대를 정돈하는 법부터 가르쳤습니다.

"자, 이제 네가 해 보렴."

톱시는 오필리어가 보는 앞에서 시트를 부드럽게 매만지고 주름

을 펴서 침대에 덮어 놓았습니다. 그러다 톱시의 소매에서 오필리
어의 리본이 떨어졌습니다.

"아니, 이게 뭐지?"

"몰라요. 전 처음 보는 거예요."

오필리어는 톱시의 몸을 흔들어 대며 물었습니다.

"자, 바른대로 말해. 언제 훔쳤니?"

그러나 톱시는 놀라지도 않고 태연히 서 있었습니다.

"또 무엇을 훔쳤니? 어서 말해!"

오필리어가 다그쳤습니다.

"에바 아가씨의 산호 목걸이를 훔쳤어요."

톱시가 아무렇지도 않은 얼굴로 대답했습니다.

"그래? 그것은 어디 있지?"

"태워 버렸어요."

"또 거짓말을 하는구나! 바른대로 말해라."

"정말로 태워 버렸어요."

"어째서 태워 버렸지?"

"몰라요. 전 나쁜 아이인가 봐요."

톱시가 울먹이며 말했습니다.

그때 에바가 목에 산호 목걸이를 걸고 들어왔습니다.

“아니, 에바! 그 목걸이 어디에 있었니?”

오필리어가 놀라서 물었습니다.

“이거요? 제가 내내 걸고 있었는데요.”

에바가 대답했습니다. 오필리어는 당황했습니다.

“너를 어떻게 다루어야 할지 모르겠구나. 왜 훔치지 않은 것까지 훔쳤다고 했지, 톱시?”

“마님이 말하라고 했잖아요. 더 훔친 것이 없는데도요.”

톱시가 이상하다는 듯이 대답했습니다. 오필리어는 톱시에게 장난과 거짓말에 대해 자세히 설명해 주었습니다.

“불쌍한 톱시, 왜 그것들을 훔쳤다고 했니? 이제부터는 내가 잘 돌봐 줄 테니 내 방으로 가자. 네가 원하는 것은 무엇이든 다 줄게.”

에바가 톱시에게 상냥하게 말했습니다. 이제까지 부드럽고 친절한 이야기를 들어 본 적이 없는 톱시의 순진하고 천진한 두 눈에 눈물이 고였습니다.

에바는 톱시를 자기 방으로 데리고 갔습니다.

“톱시, 무엇 때문에 나쁜 짓을 하니?”

“몰라요! 나도 모르겠어요.”

“네가 진심으로 착한 아이가 되려 한다면 그렇게 할 수 있어.”

"나는 어떤 것이든 할 수 없어요. 흑인이 아니었다면 착한 아이가 됐을 텐데……."

"아냐, 네가 흑인인 건 상관없어. 착하게 행동하면 사람들이 널 사랑해 줄 거야. 오필리아 고모도 널 사랑해 줄 테고."

에바는 끈기 있게 차근차근 설명해 주었습니다.

톱시는 아무 말도 하지 않고 에바의 파란 눈을 가만히 바라보았습니다.

"가엾은 톱시, 나는 너를 사랑한단다."

에바가 톱시를 살며시 안아 주었습니다.

톱시도 에바의 마음을 어느 정도 깨달은 것 같았습니다. 그러나 톱시는 그 뒤에도 짓궂은 장난을 쳤습니다. 오필리아의 바늘을 부러뜨리기도 하고, 침대 기둥에 거꾸로 매달려서 베개의 깃털을 흐트러뜨리기도 해서 오필리아가 몹시 애를 먹었습니다.

톱시를 업신여기거나 놀린 하인들은 외출복을 입을 때 양동이 물을 뒤집어쓰기도 했고 소중한 물건을 도둑맞기도 했습니다. 그러나 곧 모두 톱시를 좋아하게 되었고, 톱시가 노래를 부르고 춤을 출 때면 에바도 즐거워하며 함께 놀아 주었습니다.

고향 생각

에바는 엄마인 마리 부인의 짜증스러운 잔소리만 아니라면 늘 즐겁고 기뻤습니다.

마리는 사실 몹시 교만한 여자였습니다. 남편이나 에바에게 상냥하지도 않았습니다. 하인들에게는 늘 잔소리만 늘어놓았고, 오필리어가 집안일을 맡아 해 주는데도 여전히 하인들에게 짜증만 부렸습니다.

어느 날, 모두가 한자리에 모여 있을 때 마리가 오필리어에게 말했습니다.

"고생이 많으시죠? 우리 집 하인들은 게으르고 거짓말도 잘 해서 차라리 다 내쫓고 싶다니까요."

에바는 눈이 휘둥그레져서 마리에게 물었습니다.

"엄마, 그럼 모두를 하루빨리 자유롭게 풀어 주세요."

"글쎄 말이다. 왜 어물어물 놔두고 있는지 모르겠다. 하여튼 내 몸이 약해진 건 바로 그 사람들 탓이야."

"하지만 마미 어멈처럼 좋은 사람도 있지 않소?"

세인트 클레어 씨가 참다못해 한마디 했습니다.

"그래요. 마미는 흑인들 중에선 좀 나은 편이에요. 그렇지만 요즘은 잠만 잔다고요. 밤마다 깨우느라 저만 고생이지요."

"엄마, 마미 할멈은 요즘 너무 고단해서 그래요. 매일 밤 잠도 못 자고 엄마를 간호하잖아요."

"그래요. 마미를 며칠 쉬게 해 줍시다."

"그게 무슨 말씀이에요?"

마리는 신경질을 내며 계속 떠들어 댔습니다.

"마미는 어려서부터 제 시중을 들어 왔어요. 마미 아닌 다른 사람이 시중드는 것은 생각도 하기 싫어요. 그리고 이렇게 아픈 주인도 있는데 시중드는 것이 뭐가 힘들어요?"

마리는 쉴 새 없이 떠들었습니다. 오필리어는 너무 어이가 없어 입을 굳게 다물고 한 마디도 하지 않았습니다.

"나는 하인들에게 심하게 벌을 주고 싶어요. 전문적으로 노예를 때리는 곳이 있대요. 그런데 세인트 클레어가 허락하질 않아요. 그래서 우리 집 노예들이 제멋대로 구는 거라고요.”

에바는 슬그머니 밖으로 나와 톰 아저씨가 있는 잔디밭으로 갔습니다. 에바는 톰 아저씨의 양복 저고리 단춧구멍에 꽃을 꽂아 주고는 활짝 웃었습니다.

톰 아저씨는 에바와 말동무를 하며 하루하루 보내는 것이 즐거웠습니다.

에바도 톰 아저씨와 함께 성경을 읽고, 때때로 찬송가를 부르면서 지내는 시간이 가장 행복했습니다.

그러나 톰 아저씨는 세인트 클레어 씨가 걱정이었습니다. 마부의 일뿐만 아니라 집안일을 모두 톰 아저씨에게 완전히 맡겨 놓고는 자신은 말을 타고 멀리 다녀오거나 클럽에 나가는 일이 많았기 때문입니다.

톰 아저씨는 주인이 성경도 읽지 않고 밤마다 늦게까지 술을 마시는 것이 늘 걱정이 되었습니다.

어느 날 톰은 자기 방에서 열심히 무엇인가 하고 있었습니다.

톰 아저씨는 뉴올리언스에서의 생활도 즐겁고 행복했지만, 켄터키에 있는 가족들이 늘 그립고 보고 싶었습니다.

톰 아저씨는 그들에게 편지를 보내고 싶었지만 선뜻 용기가 생기지 않았습니다.

그러던 어느 날, 톰 아저씨는 굳게 결심을 하고 편지를 쓰려고 했습니다. 톰 아저씨의 방에는 성경과 찬송가가 놓여 있는 잘 정돈된 침대와 작은 의자 하나와 석판이 있었습니다.

톰 아저씨는 석판 위에 가족들에게 보낼 편지를 썼습니다. 그러나 조지에게 배운 글쓰기가 전부인데다 그것도 오래 지나고 나니 잘 기억나지 않았습니다.

그가 한숨을 내쉬며 고민하고 있을 때 에바가 새처럼 살며시 다가와 그의 곁에 앉았습니다.

"톰 아저씨, 뭘 쓰고 있나요?"

에바는 상냥하게 물었습니다.

"에바 아가씨, 저를 좀 도와주세요. 편지 한 장을 못 써서 이렇게 쩔쩔매고 있답니다."

톰 아저씨가 대답했습니다.

"어머, 편지를 쓰고 있어요? 누구한테요?"

"예, 켄터키에 있는 부인과 아이들에게 쓰려고요."

"좋아요. 도와드릴게요. 하지만 저도 작문을 해 본 지가 1년이 넘었거든요."

에바는 작은 머리를 톰 아저씨의 머리에 가까이 대고 열심히 편지를 쓰기 시작했습니다. 어려운 글자가 나올 때마다 서로 얼굴을 쳐다보며 웃어 가면서 겨우 편지를 완성했습니다.

에바와 톰 아저씨가 몹시 기뻐하고 있을 때 세인트 클레어 씨가 방으로 들어왔습니다.

"에바, 여기서 뭘 하고 있니?"

세인트 클레어 씨가 석판을 보며 물었습니다.

"톰 아저씨를 도와 편지를 썼어요."

에바가 자랑스럽게 대답했습니다.

세인트 클레어 씨는 빙그레 웃으며 편지를 집어 들더니 부드럽게 물었습니다.

"에바, 너를 실망시키고 싶진 않지만 무슨 말을 쓴 건지 잘 모르겠구나. 아빠가 정식으로 다시 써서 켄터키에 있는 톰의 가족에게 보내 주면 어떨까?"

세인트 클레어 씨의 친절함에 톰 아저씨는 당황했습니다. 그러나 에바는 파란 눈을 반짝이며 말했습니다.

"그래요, 아빠. 그렇게 해 주세요."

톰 아저씨의 편지는 그날 오후에 켄터키로 보내졌습니다.

켄터키의 옛 집

무더운 여름날의 어느 오후였습니다.

켄터키의 셸비 씨 집에서는 조지 도련님이 톰 아저씨에게서 온 편지를 큰 소리로 읽어 주고 있었습니다.

셸비 씨는 바람이 잘 통하는 베란다 옆에서 담배를 피우고, 부인은 옆의 의자에 앉아 바느질을 하고 있었기 때문에 편지 읽는 소리를 들을 수 있었습니다.

"여보, 톰이 뉴올리언스에 있는 집에서 잘 지내고 있대요."

"정말 다행이야. 이젠 톰도 남부에서 자리를 잡게 되겠지."

셸비 부인은 조심스럽게 셸비 씨의 표정을 살피며 이야기했습니다.

“그렇지만 톰은 당신이 언제쯤 돈을 준비해서 자기를 집으로 도로 데려와 줄 수 있는지 묻던데요.”

부인의 말에 셸비 씨는 힘없이 대답했습니다.

“나도 하루빨리 데려오고 싶지만 지금 같아선 좀처럼 돈이 모일 것 같지 않아요. 당신도 알겠지만 사업에 한번 실패하면 다시 일어서기가 쉽지 않잖소.”

셸비 부인은 무슨 말을 할 것처럼 잠시 머뭇거리다가 이내 생각에 잠겼습니다.

이윽고 셸비 부인은 조심스럽게 물었습니다.

“여보, 제가 돈을 좀 벌어 보면 안 될까요? 제자들을 모아서 음악을 가르칠까 해요. 그 돈을 차곡차곡 모아서 톰을 데려올 수만 있다면…….”

“그런 창피한 짓을 어떻게……!”

셸비 씨가 거칠게 목소리를 높이자 부인은 움찔 놀라며 입을 다물었습니다.

클로 아주머니는 톰 아저씨의 편지를 들으며 하염없이 눈물을 흘렸습니다. 그러다가 갑자기 무슨 결심을 한 듯 눈물을 닦고 셸비 부인에게로 왔습니다.

“마님, 드릴 말씀이 있는데요…….”

셸비 부인은 클로 아주머니의 목소리를 듣고 부엌 쪽으로 다가갔습니다.

"무슨 일이죠, 클로 어멈?"

"제가 돈벌이를 따로 해서 톰을 데려오면 안 될까요?"

"클로 어멈이 어디로 돈을 벌러 간다는 거지?"

"샘의 이야기를 얼핏 들으니 루이스빌의 과자점에서 빵을 굽는 식모 한 사람을 구한다나 봐요. 그래서 그리 한번 가 볼까 하는데요."

"그래, 품삯은 얼마나 준다는데?"

"1주일에 4달러씩이래요. 마님, 꼭 보내 주세요."

"그래요, 클로 어멈. 허락해 줄 테니 그리 한번 가 봐요. 품삯은 한 푼도 쓰지 않고 모아 두었다가 톰을 찾아오는 데 쓰도록 할 테니."

"고맙습니다, 마님."

클로 아주머니는 금방이라도 톰 아저씨를 만날 것처럼 기뻐하며 오두막집으로 돌아갔습니다. 그러고는 조지에게 말했습니다.

"도련님, 제가 루이스빌의 과자점에 가서 일하기로 했어요. 톰에게 빨리 알려 주세요."

조지는 학생다운 단정한 글씨로 클로 아주머니가 일하러 다니게 되었다는 소식과 아이들 이야기를 또박또박 적어 내려갔습니다.
그리고 꼭 데리러 갈 테니 기다리라는 말도 잊지 않았습니다.

오필리어가 톰 아저씨와 에바에게 켄터키에서 온 답장을 읽어
주었습니다.

4, 5일 뒤 샘과 함께 루이스빌로 떠납니다.
그리고 거기서 열심히 돈을 벌어 모을 거예요.
조지 도련님도 제 이야기를 듣고 기뻐하면서 같이 저금을
하겠다고 하셨어요. 주인 마님께서도 보태 주시겠답니다.
여보, 그러니까 다시 만나는 그날까지 몸 건강히 잘 계세요.

편지 내용을 모두 듣고 난 톰 아저씨는 꼼짝도 하지 않고 발끝만
내려다보고 있었습니다. 금방이라도 울음이 터질 것 같은 얼굴이
었습니다.
'클로, 고생만 시켜서 미안하구려!'
톰 아저씨는 마음속으로 외치면서 울음을 참고 있었습니다.

노예와 재산

보슬비가 내리는 이른 봄의 어느 날 저녁이었습니다.

모자를 깊이 눌러쓴 키 큰 신사가 켄터키주에 있는 작은 주막집으로 들어섰습니다.

잠시 비를 피하고 가려는 사람들로 주막 안은 붐볐습니다.

그 신사는 난롯가에 앉아서 사람들이 웅성거리며 보고 있는 벽보를 힐끗 쳐다보았습니다. 그러고는 옆에 앉은 노신사에게 물었습니다.

"저게 뭡니까?"

"달아난 노예를 잡아 주면 사례금을 주겠다는 광고랍니다."

늙은 신사는 일어나서 안경을 쓰더니 그 벽보에 쓰여 있는 내용을 소리 내어 읽었습니다.

"소유자에게서 도망친 혼혈 노예 조지를 찾음. 조지는 키가 2미터 가까이 되고 머리털은 갈색이며, 매우 총명해서 일도 잘하고 글도 정확하게 씀. 어깨와 등에 큰 흉터가 있고 오른손에 H라는 낙인이 있음. 광고주 해리스."

노신사가 천천히 이 광고를 읽자 옆의 사나이가 물었습니다.

"용모 단정하고 총명한 사나이가 왜 도망을 쳤을까요?"

그 노신사는 고개를 끄떡이며 대답했습니다.

"나는 조지라는 청년을 잘 알지요. 그는 우리 공장에서 5, 6년 동안 일했습니다. 베 짜는 실, 세탁하는 기계도 발명했는데, 해리스라는 주인이 특허권도 빼앗아 가더니 조지를 농장으로 도로 데려가 버렸습니다."

"게다가 손에 낙인까지 찍다니, 주인이 지독한가 보군요."

"그렇습니다. 우리 공장에 꼭 필요한 사람이었는데, 아무 이유도 없이 데려갔습니다. 아무리 부탁을 해도 전혀 소용이 없더군요."

점잖은 노신사는 조지가 일하던 공장 주인 윌슨이었습니다. 이야기를 듣고 있던 키 큰 신사가 일어나더니 여관 주인에게 말했습니다.

“난 헨리 버틀러라고 하오. 조용한 방 하나 주시오.”

“예, 잠깐만 기다려 주십시오.”

신사는 방이 준비될 때까지 주막 안을 서성였습니다.

월슨은 고개를 갸웃거리며 신사를 쳐다보았습니다.

‘어디서 본 사람일까? 틀림없이 낯이 익은데…….’

월슨은 의자에 앉아 신사를 흘끗흘끗 쳐다보면서 수염을 비틀기도 하고 고개를 갸웃거리기도 하더니, 이윽고 몹시 놀란 듯 입을 딱 벌리고 멍하니 바라보았습니다.

그제야 그 키 큰 신사가 누군지 겨우 생각났던 것입니다.

그 신사는 월슨이 놀라는 모습을 보고는 성큼성큼 걸어서 월슨 앞으로 다가왔습니다.

“정말 오랜만입니다, 월슨 씨! 오클랜드에 사는 헨리 버틀러입니다.”

그 신사가 말을 걸었습니다.

“오! 그랬던가요? 난 월슨이 맞습니다만, 그런데 확실하게 누구신지 기억이 잘 안 나는데요.”

그때, 주막 주인이 와서 방이 준비되었다고 알렸습니다. 그 젊은 신사는 월슨을 보며 말했습니다.

“바쁘시지 않으면 제 방으로 가서 이야기나 좀 나누실까요?”

“예, 좋습니다.”

월슨 씨는 고개를 끄떡이며 대답했습니다. 두 사람은 층계를 따라 2층의 어느 방으로 안내되었습니다. 주막 주인과 심부름꾼이 나가자 젊은 신사는 모자를 벗고 월슨 씨와 마주 보고 앉았습니다.

“아직도 저를 몰라보시겠습니까?”

젊은 신사는 매우 친근하게 물었습니다.

“아, 그래, 조지. 역시 자네였군.”

월슨 씨가 몹시 반갑다는 듯이 젊은 신사의 손을 덥석 잡으며 말했습니다.

“예, 조지입니다. 어떻습니까? 훌륭하게 변장했지요.”

“그래. 정말 멋진 솜씨야. 통 몰라보겠으니 말이야.”

“머리카락도 검게 염색하고 얼굴에는 호두기름을 발라 피부색도 전혀 달라 보이지요. 광고의 인상과는 딴판이 됐지요. 하하하…….”

조지는 통쾌하다는 듯이 웃었습니다.

“아니, 그런데 위험하게 이곳에 나타나면 어찌하는가!”

“아닙니다. 오히려 해리스 씨 집에서 가까우니까 아무도 의심하지 않을 겁니다.”

"아무래도 위험한 줄타기를 하고 있는 것 같군. 잡히면 목숨이 남아나지 않을 거야."

조지는 품에서 권총을 꺼내 보이며 말했습니다.

"윌슨 씨, 제가 스스로 목숨을 끊을지언정 붙잡히는 일 따위는 없을 겁니다."

조지는 이어서 말했습니다.

"저의 아버지는 백인이었습니다. 그러나 어머니는 흑인 노예였습니다. 아버지가 돌아가시자 우리 일곱 형제와 어머니는 모두 뿔뿔이 팔려 갔습니다. 어머니는 막내만이라도 같이 있게 해 달라고 애원했지만, 아무도 들어주지 않았습니다. 저는 첫째 누님과 같이 이곳으로 팔려 왔고요. 그러나 그 누님마저 주인의 미움을 받아 모진 매를 맞고 다시 남부로 팔려 갔습니다. 똑같은 백인 아버지를 두었지만 흑인이란 이유만으로 이렇게 멸시를 당하며 살았습니다. 그러나 윌슨 씨를 만나게 되어 글도 배우고 따뜻한 사랑도 깨달았습니다. 처음으로 인간다운 대접을 받은 거죠."

조지는 계속해서 말을 이었습니다.

"비로소 저는 친절이 무엇인지 알았습니다. 일하는 것도 보람이 있었습니다. 그리고 일라이저와 결혼했습니다. 일라이저는 천사처럼 착한 여자입니다. 해리도 태어났기 때문에 기쁨도 느꼈습니다. 그러나 저의 주인이라는 사람은 제가 사랑하는 모든 것들과 저를 떼어 놓으려고 했습니다. 좋아하는 일터도, 사랑하는 아내와 아이도 모두 빼앗아 갔어요! 저더러, 개보다도 더 비참했던 어린 시절로 돌아가라는 것입니다. 윌슨 씨, 당신 같으면 참을 수 있겠습니까!”

조지는 방 안을 서성대면서 눈물을 흘리기도 하고 주먹을 불끈 쥐기도 하며 열심히 이야기했습니다.

윌슨은 가슴이 벅차 손수건으로 계속 눈물을 닦아 냈습니다. 조지는 갑자기 윌슨을 향해 무릎을 꿇으며 애원했습니다.

“저는 자유를 찾아 떠나고 싶습니다. 제발 도와주십시오.”

“조지, 걱정하지 말게. 무사히 도망칠 수 있을 걸세.”

그러고는 염려스러운 표정으로 말했습니다.

“그러나 함부로 권총을 써서는 절대 안 되네. 자, 나와 약속을 하게.”

“네, 저도 그럴 생각입니다. 제 아내도 해리를 데리고 조금 전에 떠났다고 합니다. 캐나다로 간다고 했다는데……. 혹시라도 연락이 되신다면 이곳으로는 절대 돌아오지 말라고 전해 주십시오. 죽기 전에 만날 수 있을지도 모르겠습니다만…….”

윌슨은 주머니에서 지폐를 몇 장 꺼냈습니다.

“조지, 이걸 받아 두게. 먼 길을 가는 데 보탬이 될 걸세.”

“네, 언젠가는 갚아 드리기로 하고 감사히 받겠습니다.”

조지는 장갑을 벗어 돈을 받고는 오른손에 벌겋게 새겨진, H라는 낙인을 윌슨에게 보여 주었습니다.

“제가 달아나기 2주일 전에 주인이 제게 한 짓입니다.”

윌슨은 얼굴을 찌푸렸습니다.

“이제부터 자네가 겪을 위험을 생각하면 난 피가 얼어붙는 것 같네.”

조지는 품에서 작은 핀을 하나 꺼냈습니다.

“윌슨 씨, 저에게는 일라이저와 해리밖에 없습니다. 혹시라도 제가 죽었다는 이야기를 들으시면 이것을 일라이저에게 전해 주십시오.”

윌슨은 그 핀을 받으며 가슴이 찢어지는 듯했습니다.

“그렇게 하지, 조지!”

윌슨은 조지에게 몸조심할 것을 거듭 당부하며 방에서 나갔습니다.

안전한 곳으로

한편 일라이저와 해리는 트로프 씨 집에서도 오래 머물 수가 없었습니다. 노예 상인의 앞잡이들이 끊임없이 그녀를 찾으러 다녔기 때문입니다.

일라이저는 트로프 씨의 소개로 인디애나주에 사는 어느 퀘이커 교도의 집으로 옮겼습니다.

따뜻한 어느 봄날, 일라이저는 넓은 부엌의 흔들의자에 앉아서 조용히 뜨개질을 하고 있었습니다. 그러다 이따금 커다랗고 검은 눈을 들어 부엌에서 씩씩하게 뛰어노는 어린 해리를 바라보곤 했습니다.

일라이저 옆에는 머리가 희끗한 백인 여인 하나가 무릎 위에 그

룻을 올려놓고, 덜 익은 복숭아를 골라내고 있었습니다.

그곳은 퀘이커 교도들만 모여 사는 따뜻하고 아늑한 집이었습니다. 일라이저는 처음으로 마음놓고 편하게 지낼 수 있었습니다. 주인 시미언 씨와 부인인 레이첼 여사는 일라이저를 진심으로 불쌍하게 생각해 언제까지라도 같이 살기를 원했지만, 일라이저는 남편 조지가 있는 캐나다로 도망치기를 간절히 바랐습니다.

어느 날, 레이첼이 일라이저의 방으로 찾아와서 물었습니다.

"일라이저, 기어이 캐나다로 갈 작정인가요?"

"예, 마님, 이곳에서의 생활은 더할 나위 없이 편안하지만 남편이 있는 캐나다로 가고 싶어요."

"하지만 캐나다는 그렇게 쉽게 갈 수 있는 곳이 아니에요. 아직도 당신들을 잡으려는 노예잡이들이 설치고 다니는데."

"전 밤마다 그 사람들에게 해리가 잡히는 악몽을 꾼답니다. 그래서 마음 편히 잘 수가 없어요."

"어머나, 가엾어라."

레이첼의 말이 정말로 따뜻하고 부드러워서 일라이저는

저절로 고개가 숙여지고 눈물이 쏟아졌습니다.

이때, 방문이 열리며 시미언 씨가 들어왔습니다.

"일라이저, 남편의 이름이 조지 해리스라고 했지요?"

"네, 그런데요. 무, 무슨 일인가요?"

일라이저는 불안해 하며 대답했습니다.

"무슨 일이라도 생겼나요?"

레이첼 부인이 물었습니다.

시미언 씨는 잠시 뜸을 들이더니,

"사실은 어젯밤에 조지 해리스라는 사람이 이 고장으로 숨어 들어왔소. 다른 흑인 두 명과 함께 왔다는군."

"정말, 제 남편이 확실한가요?"

"이야기를 들어 보니 일라이저의 남편이 확실한 것 같아요. 그래서 오늘 이곳으로 데려오기로 했소."

일라이저는 뛸 듯이 기뻤습니다. 그러다 갑자기 머리가 멍해지더니 이내 정신을 잃었습니다.

정신을 차렸을 때에는 그렇게도 보고 싶던 얼굴이 침대 곁에 있었습니다.

"아아, 조지!"

"그래, 나요. 그동안 얼마나 고생이 심했소?"

"아아, 하느님……. 이것이 꿈은 아니겠지요?"

"여보, 진정하구려. 하느님께서 우리를 다시 만나게 해 주셨소. 자, 그러니 기운을 냅시다."

"여보, 당신을 얼마나 걱정했는지 몰라요. 이렇게 빨리 당신을 만나게 되다니 정말이지 믿어지지가 않아요. 꼭 꿈을 꾸고 있는 것 같아요."

"일라이저, 이제 안심해요! 절대로 당신과 해리를 놓치지 않을 테니. 우리 앞길엔 자유만이 기다리고 있소. 이 세상의 그 어느 것도 우리를 속박하진 못할 거요. 오직 하느님만이 우리의 앞길을 인도할 뿐이오!"

조용히 타오르는 촛불 속에서 조지와 일라이저는 하느님께 감사 기도를 드렸습니다.

자유의 땅을 찾아서

이글이글 타오르던 태양이 지평선 너머로 사라질 무렵, 시미언 씨 집에서는 일라이저와 조지가 마주 앉아 심각한 얼굴로 이야기를 나누고 있었습니다.

"여보, 언제까지나 이 댁에서 신세를 질 수는 없잖아요? 만약에 노예잡이들이 이곳까지 추격해 온다면 더 큰 피해를 끼치게 될 테니 말이에요."

"그래, 일라이저. 며칠 푹 쉬었더니 힘이 다시 생기는 것 같아. 당신과 해리가 함께 있다면 어디든 갈 수 있어."

"그래요. 당장 내일이라도 캐나다로 떠나도록 해요."

"그러나 당신과 어린 해리가 그 먼 길을 갈 수 있을까, 나는 그것이 걱정이오.”

“그런 걱정은 하지 마세요. 당신 없이 혼자서도 해리를 데리고 여기까지 도망쳐 왔잖아요. 그런데 지금은 당신이 옆에 있으니 캐나다가 아니라 지구 끝까지라도 갈 수 있어요!”

“과연 당신다운 이야기구려. 빨리 캐나다로 가서 우리 세 식구 마음놓고 살 수만 있다면 더 바랄 게 아무것도 없소.”

조지와 일라이저는 벌써 캐나다에 도착이라도 한 듯 가슴이 부풀어 이야기를 주고받고 있었습니다.

이때, 누군가 밖에서 문을 조심스럽게 두드렸습니다.

“누구시죠?”

일라이저가 얼른 일어나 문을 열면서 물었습니다. 방으로 들어온 사람은 이 집 주인인 시미언 씨였습니다.

“잠깐 실례하겠소. 일이 좀 생겨서.”

시미언 씨는 뒤따라 들어선 붉은 머리털의 키가 후리후리한 사람을 가리키며 말했습니다.

“이 사람은 피니어스 프레치아 씨요. 조지 씨, 어서 서로 인사하시지요.”

조지는 손을 내밀어 프레치아 씨와 악수를 했습니다.

“프레치아 씨는 내 친구요. 나와 같은 퀘이커 교도인데, 당신들에게 중요한 정보를 알려 주러 왔소.”

시미언 씨의 말이 끝나자 프레치아 씨는 챙이 넓은 모자를 뒤로 젖히며 빠른 말씨로 이렇게 말했습니다.

“어젯밤 큰길 옆에 있는 주막에 묵었는데, 주인이 방을 준비하는 동안 홀 구석에 쌓여 있는 자루 위에 느긋하게 누워 있다가 당신들을 쫓는 사람들의 이야기를 우연히 엿듣게 되었습니다.”

“아니, 그 사람들이 벌써 이웃 마을에 와 있다고요?”

옆에서 듣고 있던 일라이저는 겁에 질려서 조지에게 바짝 다가갔습니다. 두 사람이 불안에 떠는 모습을 보자, 프레치아 씨는 조금도 걱정할 필요가 없다는 듯이 이야기했습니다.

“뭐 그렇게까지 놀라시지는 않아도 될 것 같습니다. 그 사람들은 당신들이 도망치려고 하는 길까지 알고 있더군요. 그래서 급히 알리려고 왔습니다. 다음 장소까지 안전하게 데려다 줄 테니 걱정할 것 없습니다.”

“이렇게까지 신경 써 주셔서 감사합니다. 그러잖아도 내일 아침에 이곳을 떠날까 생각하고 있었습니다.”

프레치아 씨는 고개를 끄떡이며 말했습니다.

“그자들은 대여섯 명쯤 되던데 사람들을 더 모아서 몰려올 기세였습니다.”

일라이저는 얼굴이 파랗게 질린 채 어쩔 줄을 몰라 했습니다. 옆
에서 지켜보던 시미언 씨는 오래도록 조지와 일라이저 부부와 함
께 지내고 싶었는데 노예잡이 사나이들에게 들켜 버렸다는 이야
기에 몹시 실망했습니다.

"여보게, 자네가 이 근방의 지리도 잘 알고 있으니 이분들이 안
전하게 빠져나갈 수 있도록 도와주게. 자네만 믿겠네."

시미언 씨의 부탁에 프레치아 씨는 모자를 꾹 눌러쓰면서 말했
습니다.

"걱정하지 말게나. 얼른 마차를 준비해야 하고 다른 사람들에게도 알려 주어야 하니 이만 가 보겠네. 한밤중까지는 이분들이 떠날 준비를 끝낼 수 있게 해 주게나."

레이첼은 정성껏 케이크를 굽고 닭과 햄을 요리하면서 얼른 저녁 준비를 서둘렀습니다. 저녁 식사가 끝났을 무렵, 포장을 친 커다란 마차가 문 앞에 멈추더니 프레치아 씨가 빠르게 뛰어내렸습니다.

레이첼은 여행에 필요한 여러 가지 물건들을 챙겨 주고는 일라이저와 해리가 마차에 오르는 것을 도와주었습니다. 조지는 프레치아 씨와 함께 앞의 마부석에 타고 일라이저는 해리를 꼭 껴안고 뒤에서 숨을 죽이고 앉아 있었습니다.

세 식구는 시미언 씨와 레이첼의 걱정스러운 전송을 받으며 마차에 급히 올라탔습니다.

어느덧 마차는 속도를 내 달리기 시작했습니다. 울퉁불퉁한 밀밭 샛길을 지나 산을 넘고 골짜기를 넘었습니다.

이때 뒤에서 말발굽 소리가 요란하게 들렸습니다.

조지가 탄 마차를 호위하며 뒤따라오던 아이켈이라는 또 다른 퀘이커 교도가 달려왔습니다.

"놈들이 온다! 일고여덟 명이야."

프레치아 씨가 마차를 더욱 세차게 몰며 소리쳤습니다.

"알았어. 좀 더 깊숙이 들어가자. 자, 조지! 당신도 어서 싸울 준비를 하도록 해요."

산등성이 저쪽에 새벽 하늘을 등지고 말을 타고 달려오는 사람들의 모습이 보이기 시작했습니다.

"자, 모두 내려와서 바위 뒤에 숨으시오. 이곳 지리는 내가 잘 아니까 우리는 틀림없이 이길 수 있습니다."

"아이켈, 자네는 아미리아 집에 가서 우릴 지원해 줄 사람을 몇 명 데려오게."

프레치아 씨가 이렇게 소리치자 아이켈은 조금도 지체하지 않고 쏜살같이 달려갔습니다.

어느덧 먼동이 훤히 터 오고, 저 멀리 언덕을 넘어 달려오는 로커 일행이 보였습니다.

로커 옆으로 동료인 마커스가 바짝 붙어서 달려오고 있었고, 나머지 사람들은 고용인 같았습니다.

조지와 일라이저, 해리는 프레치아 씨의 안내를 받아 가장 안전한 바위 뒤에 숨었습니다. 그곳에서 내려다보니 노예잡이들의 모습이 뚜렷하게 보였습니다.

"조지, 이곳은 내 사냥터요. 절대로 당할 염려가 없으니 여기서

총을 겨누도록 합시다. 누구든지 바위 사이로 보이기만 하면 이 방아쇠를 당기시오.”

“알았습니다.”

조지는 프레치아 씨가 준 총에 탄환을 재었습니다. 한 걸음 한 걸음 다가오던 로커가 소리쳤습니다.

“해리스의 소유물인 조지와 그의 아들 해리를 잡으러 왔다. 모

두 무기를 버리고 내려와……!"

로커의 말이 채 끝나기도 전에 조지가 외쳤습니다.

"나는 해리스의 소유물이 아니다. 내 아내와 아이도 이제 가만히 앉아서 당하진 않을 거다."

말이 끝나기가 무섭게 조지를 향해 총알이 날아들었지만, 조지가 엎드리며 총을 쏘아 로커를 맞혔습니다.

"앗, 로커가 맞았다!"

로커가 총에 맞아 바위 밑으로 떨어지자 나머지 일행은 로커만 남겨 둔 채 허겁지겁 도망을 쳤습니다.

"흥! 비겁한 놈들! 두목을 버리고 도망을 치는군."

조지가 중얼거리고 있는데, 프레치아 씨가 소리쳤습니다.

"하하하, 저걸 보시오! 아까 아이켈에게 부탁했던 지원군들이 오고 있지 않소. 도망칠 만도 하지."

"덕분에 저희는 무사히 캐나다로 갈 수 있겠어요. 그런데 총에 맞은 저 사람은 어떻게 될까요? 죽지 않을까요?"

일라이저가 총에 맞아 신음하는 로커를 지그시 바라보며 말했습니다.

"일라이저, 좋은 생각이 있어요."

프레치아 씨는 조지와 함께 로커를 마차에 실었습니다. 그들은 아이켈 일행과 함께 아미리아의 집을 향해 새벽길을 힘차게 달렸습니다.

아미리아의 집에 도착하자마자 프레치아 씨는 로커를 침대에 눕히고 옷을 찢어 상처를 정성껏 치료해 주었습니다. 얼마 뒤 로커가 정신을 차리고 주위를 돌아보더니 고래고래 소리를 질러 댔습니다.

"비겁한 녀석들! 나를 버리고 도망을 가다니!"

로커는 자기 편이 하나도 없는 것을 깨닫고는 풀이 죽어 순순히 퀘이커 교도의 극진한 간호를 받았습니다. 그러다가 자신을 치료해 주는 도커스 아주머니에게 물어보았습니다.

"아주머니. 조지와 일라이저가 아직도 여기에 있습니까?"

"그건 알아서 뭘 하시게요?"

도커스 아주머니가 퉁명스럽게 대답하자 로커가 조금 누그러진 목소리로 말했습니다.

"다른 뜻이 있는 게 아니라, 그 악당들을 피해서 무사히 도망칠 수 있는 방법을 알려 주려고요."

도커스 아주머니는 프레치아 씨와 조지를 불렀습니다.

"로커 씨, 아직도 제게 볼일이 남아 있습니까?"

조지가 로커에게 다가가며 물었습니다.

“아, 아니오. 내가 다 나으면 마커스 그 녀석부터 가만두지 않을 거요. 지금쯤 그 녀석들은 부둣가에서 배를 타는 사람들을 감시하고 있을 거요. 그러니 변장을 하고 떠나도록 하시오. 내가 할 말은 이것뿐이오.”

로커의 말을 들은 조지는 고맙다는 뜻으로 그에게 선뜻 악수를 청했습니다.

드디어 배를 타는 날 아침, 일라이저는 머리를 싹둑 잘라 남자로 변장을 하고, 해리에게는 여자아이 옷을 입혔습니다.

조지는 하인처럼 짐을 들고 둘을 따라 배에 올랐습니다. 배 입구에 노예잡이로 보이는 남자들이 서성대고 있었지만, 그들을 눈여겨보지는 않았습니다.

그러나 배가 떠나기 전까지는 마음을 놓을 수 없었습니다. 마커스는 어떤 선원과 이야기를 하고 있었습니다.

“아마 이 배에는 타지 않을 모양이야.”

그러자 선원이 대답했습니다.

“그럴 거야, 발판 어귀에서 승객들을 일일이 살펴보았는데, 자네가 말한 사람들은 보이지 않았어.”

마커스는 선원의 말을 듣고 배에서 내렸습니다.

선원들이 분주하게 움직이는 가운데 기적이 울리고는 커다란 배가 서서히 움직이기 시작했습니다.

배가 부두에서 조금씩 멀어지자 조지와 일라이저는 가슴을 쓸어내리며 숨을 몰아쉬었습니다.

"아, 하느님, 감사합니다."

두 사람은 조그마한 소리로 말하고는 해리를 꼭 껴안고 볼에 입을 맞추었습니다.

시간이 흘러 배는 어느덧 자유의 나라 캐나다에 도착했습니다. 배에서 내리자, 시미언 씨가 소개한 선교사가 그들을 기다리고 있었습니다.

조지와 일라이저, 해리는 그 선교사의 도움을 받아 그곳에서 행복하게 살게 되었습니다.

별장에서 생긴 일

톰 아저씨가 뉴올리언스에 온 지도 어느 새 2년이 되었습니다. 세인트 클레어 씨나 마리는 집안일에는 여전히 신경을 쓰지 않았습니다. 다만 오필리어만이 노예들을 가르치고 관리하며 살림을 야무지게 돌보고 있었습니다.

오필리어는 하인들의 수군거림 속에서도 북부 여인답게 늘 쉬지 않고 일했으며, 톰 아저씨도 정직하고 성실하게 일을 해서 모든 사람들에게 신임을 얻고 있었습니다.

톰 아저씨는 켄터키에서 온 조지의 편지를 읽고 또 읽었습니다. 그런 다음 액자에 넣어 자기 방의 벽에다 보기 좋게 걸어 두었습니다.

에바는 마치 천사처럼 아름다운 모습으로 성장해서 이 세상 사람이 아닌 것 같은 생각마저 들 정도였습니다.

톰 아저씨는 에바와 같이 놀면서 어린이다운 온갖 소원을 들어주는 것을 가장 큰 기쁨으로 여겼습니다.

이 무렵 세인트 클레어 씨의 집에서는 물건을 사들이는 일을 톰 아저씨가 거의 맡아서 했습니다.

톰 아저씨는 아침에 시장에 가면 에바가 좋아하는 꽃이나 복숭아, 오렌지 같은 과일을 사 가지고 돌아왔습니다.

톰 아저씨가 집으로 돌아오면, 에바가 반짝이는 금발을 나풀거리며 뛰어나와 즐거운 듯이,

"톰 아저씨, 오늘은 무엇을 사 왔어요?"

하고 묻곤 했습니다.

두 사람은 서로를 정성스럽게 위해 주고 있었습니다. 그리고 늘 하느님에 대해 이야기하곤 했습니다.

그 해 여름이었습니다.

에바와 톰 아저씨는 세인트 클레어 씨네 집 사람들과 함께 더운 뉴올리언스의 거리를 벗어나 폴찰트레인 호숫가에 있는 별장으로 피서를 갔습니다.

그 별장은 호수 바로 옆에 있는 동인도식 건물로, 대나무로 만든

밝은 베란다가 있고, 거기서 직접 마당으로 나갈 수 있도록 되어 있었습니다. 저녁 노을이 물 위에 비쳐서 황금을 깔아 놓은 것처럼 빛나고 있었습니다.

톰 아저씨는 맑은 호수의 물결이 바로 발끝에서 찰랑거리는 벤치에 에바와 나란히 앉아 있었습니다.

"아저씨, 경치가 좋지요? 마치 성경에 나오는 곳 같아요."

에바는 톰 아저씨를 바라보며 생긋 웃으면서 말했습니다.

"예, 에바 아가씨. 마치 하늘나라에 온 것 같아요."

"톰 아저씨, 예루살렘 노래를 불러 줘요."

"네, 불러 드리고말고요."

톰 아저씨는 일어서서 석양이 깔린 호수를 조용히 바라보면서 낮은 목소리로 노래를 불렀습니다. 에바도 톰 아저씨를 따라 여린 음성으로 노래를 불렀습니다.

"오오! 나에게 아침의 날개가 있다면 날아가리라. 가나안 저 언덕으로, 흰 옷의 천사는 내 가는 길을 인도하여 뉴 예루살렘의 영화로운 집에 이르게 하리라!"

에바는 조용히 노래를 따라 부르다가 갑자기 그치더니,

"톰 아저씨, 천국은 어디 있을까요?"

하고 물었습니다.

“그것은 저기 흰구름 위에 있지요!”

톰 아저씨의 대답에 에바는 잠시 생각에 잠긴 듯했습니다.

“나도 머지않아 그곳으로 가게 될 거야.”

에바의 금발이 저녁 노을에 더욱 반짝였습니다. 에바의 말을 들은 톰 아저씨는 가슴이 철렁 내려앉았습니다.

그 말을 듣고 보니 톰 아저씨는 걱정이 되었습니다. 에바는 반년 전쯤부터 계속 쇠약해져서 지금은 얼굴이 무척 창백했습니다.

“에바 아가씨, 그것은 하느님만이 아시는 일이에요. 그러니 그런 소리는 함부로 하는 게 아니랍니다. 밤공기가 찹니다. 그만 집으로 들어가요.”

톰 아저씨는 이렇게 말하며 에바의 손을 잡고 천천히 집 쪽으로 걸었습니다.

오필리어는 집에 들어서는 에바를 야단쳤습니다.

“에바, 이렇게 늦게까지 밖에 있으면 어떡하니! 넌 이제 밖에 나가면 안 돼. 아직 기침도 낫지 않았잖니?”

그러나 오필리어와는 달리 세인트 클레어 씨는 에바의 기침을 대수롭지 않게 생각했습니다. 마리에 이어 에바까지 아프다고 생각하니 견딜 수가 없었기 때문입니다.

어느 날, 세인트 클레어 씨는 영양제 같은 것을 사 와서 오필리어에게 주며 말했습니다.

“이런 건 많이 먹어도 해롭지 않으니 에바에게 먹이세요.”

톰 아저씨는 이런 일들이 불안하게 느껴지기만 했습니다.

에바의 죽음

시간은 흘러서 어느덧 여름이 가고 가을이 돌아왔습니다.

에바는 폴찰트레인 호숫가의 별장에서 돌아온 뒤 몸이 더욱 쇠약해져서 거의 침대에만 누워 있게 되었습니다. 의사가 하루에 한 번씩 와서 정성껏 진찰을 하고 약을 주고 갔습니다.

세인트 클레어 씨는 걱정이 되어 잠도 제대로 못 잤지만, 마리 부인은 대수롭지 않게 여기고 걱정도 하지 않았습니다.

에바의 병이 조금 회복되어 베란다를 돌아다니게 되자, 세인트 클레어 씨는 뛸 듯이 기뻐했습니다.

"누님, 에바의 병이 심각한 것은 아닌가 봐요."

세인트 클레어 씨는 오필리어에게 이렇게 말했습니다.

그러나 모두들 에바가 또다시 앓아 누울 거라는 사실을 알고 있었습니다.

에바는 병이 심해질수록 마음씨가 더욱 고와지고 가끔 어른스러운 말을 해서 사람들을 놀라게 했습니다.

그날도 에바는 하루해가 넘어가며 저녁 노을이 빨갛게 물들기 시작하는 것을 창 너머로 바라보고 있었습니다. 그러다 시끄러운 소리가 들려 복도 쪽으로 눈을 돌렸습니다.

마리 부인이 톱시의 뺨을 때리고 있었습니다.

"이제는 이 못된 것이 꽃까지 훔치는구나."

마리가 소리쳤습니다.

"뜰에 핀 꽃을 함부로 꺾으면 안 된다는 것을 모르니?"

"마님, 이 꽃은 아가씨에게 드리려고 꺾은 거예요."

톱시는 이렇게 말하며, 장미꽃 위에 눈물을 떨구었습니다. 이 광경을 보던 에바가 얼른 복도까지 걸어 나가 말했습니다.

"어머니, 제가 톱시에게 장미꽃을 꺾어 달라고 했어요."

"네 방이 온통 꽃인데, 또 꽃을 가져다 달랬다고?"

"네, 정말이에요."

에바가 다시 한 번 확인하듯 말하자, 마리 부인은 어쩔 수 없다는 얼굴로 톱시를 내려다보았습니다.

톱시는 환한 미소를 지으며 달려갔습니다.

에바는 마리 부인의 손을 잡고 방으로 들어가서는 침대에 누이며 말했습니다.

"엄마, 톱시가 점점 더 착해지는 것 같아요."

"저런 아이는 언제까지고 착한 아이가 될 수 없다."

마리 부인이 쏘아붙였습니다.

"날씨가 조금 더운 것 같은데, 오필리어 고모에게 제 머리를 잘라 달라고 할까요?"

에바가 머뭇거리며 물었습니다.

"갑자기 머리는 왜 자르려고?"

"사실은 덥기도 하지만, 하인들에게 제 머리칼을 나누어 주고 싶어요. 저를 언제까지나 기억하도록 말이에요."

마리 부인은 에바의 말대로 오필리어를 불러 에바의 머리를 자르게 했습니다.

에바는 자신의 생명이 얼마 남지 않았다는 것을 깨닫고는 자신이 갖고 있던 물건들을 하나씩 정리해 놓았습니다.

에바의 눈부시게 곱고 아름다운 금발을 다 자르고 나서 오필리어는 하인들을 모두 불렀습니다.

에바는 침대에 비스듬히 누워 하인들을 일일이 살펴보면서 말했습니다.

"나는 여러분들을 좋아해요. 그래서 여러분들에게 예수님 이야기를 하려고 해요."

하인들은 벌써부터 눈물을 흘리고 있었습니다.

"우리는 죽으면 모두 예수님 곁으로 가요. 나도 이제 그곳으로 갈 거예요. 모두들 성경도 열심히 읽고 기도도 많이 하세요. 그러면 언젠가 그곳에서 다시 만날 수 있어요."

에바는 숨이 찬지, 잠시 말을 멈추었다가 입을 뗐습니다.

"여러분들 모두 저에게 잘해 주셔서 정말 고맙게 생각해요. 이제 제 머리카락을 한 움큼씩 주겠어요. 이걸 볼 때마다 나를 기억해 줘요."

흑인들은 무릎을 꿇고 울기도 하고 에바의 옷자락에 키스를 하기도 하며 머리카락을 받아 가지고 갔습니다.

톰 아저씨와 마미 할멈이 남았습니다.

"톰 아저씨에게는 아무에게도 주지 않은 아주 예쁜 것을 드리겠어요. 우리는 천국에서 꼭 만날 수 있어요."

톰 아저씨는 아무 말도 할 수가 없었습니다.

"마미 할멈, 할멈도 꼭 천당으로 오셔야 해요!"

"에바 아가씨, 아가씨가 없으면 여기 살고 싶지 않아요!"

마미 할멈은 에바의 목을 붙잡고 울었습니다.

오필리어는 에바가 힘들어 하자 하인들을 다 내보냈습니다. 그러자 한쪽 구석에서 톱시가 튀어나왔습니다.

"나는 나쁜 아이지만 기념이 될 만한 걸 받고 싶어요."

"그럼 톱시, 물론 주고말고. 자, 이 머리카락을 볼 때마다 나를 생각해 줘. 그리고 착한 사람이 되어야 해."

"그러겠어요. 아가씨, 꼭 착한 사람이 되겠어요."

톱시는 검은 뺨에 계속 눈물을 흘리면서 대답했습니다.

이 일이 있은 뒤, 톰 아저씨는 아예 에바의 베란다에서 잠을 잤습니다. 에바는 톰 아저씨가 늘 곁에 있어 주어 무엇보다도 기뻤습니다.

어느 날, 에바는 아빠에게 마지막 소원을 들어주겠느냐고 물었습니다.

"공주님이 원하는 것은 뭐든지 들어줄게. 이야기해 봐."

"우리 집 하인들을 모두 자유롭게 해 주세요. 이 세상에 노예가 있다는 것은 좋은 일이 아니에요. 어서 약속해 주세요. 내가 할 수 있다면 그렇게 하겠지만 나는 곧 죽을 몸이니까요."

"제발 그런 이야기는 하지 마라. 네 소원대로 해 줄 테니."

세인트 클레어 씨는 절망적으로 말했습니다.

“톰 아저씨를 하루빨리 자유의 몸이 되게 해 줘요. 그래서 켄터키의 가족들에게 돌아갈 수 있도록 말이에요.”

“그래, 에바. 꼭 그렇게 하도록 하마.”

“고마워요, 아빠!”

“마지막으로 또 한 가지 소원이 있어요.”

에바는 불타는 듯한 볼을 아버지의 볼에 비비며 말했습니다.

“난 아빠하고 같이 천국에 꼭 가고 싶어요. 그러면 얼마나 좋을까요?”

“그래, 에바, 아빠는 꼭 너를 따라 천국에 갈 거다.”

에바는 침대 베개 밑에서 조그만 성경을 꺼내어 세인트 클레어 씨에게 건넸습니다.

톰 아저씨와 오필리어는 에바 곁에서 잠시도 떠나지 않고 간호했습니다.

상쾌한 바람이 호수 위로 불어오는 어느 날 아침, 에바는 매우 평온한 얼굴로 영원한 잠 속에 빠졌습니다.

세인트 클레어 씨는 에바가 죽는 순간부터 어두운 안개 속에 홀로 서 있는 것 같은 심정이었습니다.

그는 서재에서 움직이려 하지 않았고, 마리 부인은 자기 방에 틀어박혀 신경질만 내고 있었습니다.

결국 오필리어의 지시로 에바의 방은 모양 잘 내는 애돌프와 로저가 꾸미게 되었습니다.

모두가 에바를 사랑했기 때문에 에바의 마지막 방을 아름답게 꾸미려고 했습니다.

로저가 에바의 차가운 몸 주위에 하얀 치자꽃을 뿌리고 있었습니다. 그때, 방문이 열리더니 톱시가 치마에 무언가를 숨겨 가지고 들어왔습니다.

로저는 톱시에게 나가라고 손짓했지만, 톱시는 에바의 침대 곁으로 다가갔습니다.

"톱시! 나가라니까!"

로저가 소리쳤습니다.

"들어가게 해 줘요. 나도 이렇게 예쁜 꽃을 에바 아가씨에게 드리고 싶어요."

톱시는 치마 앞자락에 수북이 가져온 장미 송이들을 보여 주었습니다.

"톱시, 여긴 네가 들어올 수 있는 곳이 아냐. 빨리 나가!"

로저가 더 크게 소리쳤습니다.

"자, 톱시. 에바에게 꽃을 줘도 괜찮아. 내가 허락하마."

오필리어가 말했습니다.

톱시는 살그머니 에바의 침대 옆으로 가서 장미꽃들을 내려놓더니, 갑자기 흐느껴 울기 시작했습니다.

"아아, 아가씨. 나도 죽고 싶어요! 나도 데려가 줘요!"

톱시의 크게 울부짖는 소리는 모두의 심장을 도려내는 것만 같았습니다.

오필리어가 톱시를 일으키려 했지만, 톱시는 막무가내로 울고 있었습니다.

"어서 일어나거라, 톱시."

오필리어가 상냥하게 말했습니다.

"에바는 죽은 게 아니라 천국으로 간 거다. 네가 그렇게 슬퍼하면 에바도 무척 슬플 거야."

"그렇지만 아가씨를 다시는 만날 수가 없잖아요. 이젠 날 사랑해 줄 사람이 아무도 없어요. 나를 사랑해 주는 사람은 아가씨뿐이었는데……."

오필리어는 눈물을 흘리며 톱시를 안아 주었습니다.

"아, 톱시! 이제는 내가 사랑해 주마. 에바에게서 진짜 사랑이 무엇인지 배웠단다. 이제부터는 네게 진짜 사랑을 잔뜩 베풀어 주마."

이윽고 장례식 준비가 모두 끝나고, 장례에 참석할 마차 여러 대가 현관에 도착했습니다.

에바는 호수가 보이는 이끼 낀 돌 옆에 묻혔습니다. 그곳은 에바와 톰 아저씨가 자주 가서 하느님에 대해 이야기하고 찬송을 부르던 곳이었습니다.

구덩이 속으로 작은 관이 내려졌습니다.

장례식에 참석했던 사람들이 하나둘씩 돌아가고, 별장은 다시 조용해졌습니다.

세인트 클레어 씨는 장례식이 끝나자마자 달아나듯 뉴올리언스 거리로 돌아갔습니다. 거리를 돌아다니고 모임에 나가 사람들과 쾌활하게 이야기했습니다. 그러나 마음속은 희망 없는 무덤 속 같았습니다.

"오거스틴의 마음을 알 수가 없어요."

마리 부인은 오필리어에게 이렇게 말했습니다.

"에바가 죽은 뒤로 나는 몸이 점점 더 약해지는데, 옆에서 위로는 해 주지 않고 저렇게 태평스럽게 놀러만 다니니⋯⋯."

"마리, 속마음은 그렇지 않을 거예요."

오필리어가 걱정하듯 말했습니다.

엇갈리는 운명

세인트 클레어 씨의 마음을 가장 잘 알고 있는 사람은 톰 아저씨
뿐이었습니다. 톰 아저씨는 일부러 명랑한 척하는 주인이 늘 걱정
스러웠습니다.

에바가 세상을 떠난 뒤 여러 날이 지나자 세인트 클레어 씨도 안
정을 되찾기 시작했습니다. 어느 날 에바가 가지고 있던 성경을
읽게 되었고, 지금까지 어쩔 수 없는 일이라 단념하고 내버려두었
던 노예 문제도 진지하게 생각해 보게 되었습니다.

세인트 클레어 씨는 에바의 유언대로 노예들에게 자유를 주기로
결심했습니다.

그리고 먼저 톰 아저씨를 자유롭게 해 주려고 차근차근 수속을

밟기 시작했습니다.

톰 아저씨는 세인트 클레어 씨가 서재에 들어가서 오랫동안 인기척이 없자 불안한 생각이 들었습니다. 그래서 안으로 들어가 보았습니다.

"아, 톰. 세상이 마치 텅 빈 것 같구나."

"주인님, 하늘을 보세요. 하늘에 아가씨가 있어요."

"그래. 나도 언제까지나 슬퍼하고 있을 수만은 없지. 에바의 유언대로 천국에서 그 애를 만나야지."

"네. 주인님, 기도를 하세요. 그러면 하느님께서 분명히 도와주실 거예요."

"나는 오랫동안 기도를 잊고 지냈네. 자네가 나를 위해 많이 기도해 주게."

그러더니 세인트 클레어 씨는 밝은 표정을 지으며 톰 아저씨에게 말했습니다.

"톰, 자네는 이제 조금 있으면 자유의 몸이 될 걸세. 켄터키 옛집으로 돌아가서 부인과 아이들을 기쁘게 해 주게. 그리고 에바를 잊으면 안 되네."

톰 아저씨는 세인트 클레어 씨의 말이 믿기지가 않았습니다. 한동안 아무 말도 하지 못하고 멍하니 서 있다가 가족들을 만날 수 있다는 생각을 하자 마구 가슴이 뛰었습니다.

톰 아저씨는 계속 절을 하며 말했습니다.

"고맙습니다, 주인님. 에바 아가씨, 고맙습니다."

"아니, 톰, 그렇게 기쁜가? 우리와 헤어지는 것이 정말 그렇게 기쁘단 말이지?"

세인트 클레어 씨가 웃으며 말했습니다.

"아닙니다, 주인님. 자유인이 되게 해 주신다면 주인님이 이 곳에 머무르라고 하실 때까지 있겠습니다."

"아니, 나를 위해 기도해 주면 되네."

세인트 클레어 씨는 톰 아저씨와 이야기를 끝내고는 마을을 산책하고 오겠다며 밖으로 나갔습니다.

그날 밤 톰 아저씨는 너무나 기쁜 나머지 좀처럼 잠을 이루지 못하고 있었습니다.

밤이 깊어 가고 있을 때 밖이 갑자기 소란스러워졌습니다.

톰 아저씨는 불길한 생각이 들어 황급히 밖으로 뛰어나가 문을 열었습니다.

낯선 사람들이 외투에 무엇인가를 싸서 들고 들어왔습니다. 외투에 싸여 있는 사람은 바로 세인트 클레어 씨였습니다.

"이 집 나리께서 사람들이 싸우고 있는 곳에 공연히 끼어들었습니다. 그러다 그중 한 사람이 잘못 알고 칼로 찌르게 되었습니다."

의사가 오고, 사람들은 어찌할 바를 모르고 수선스럽게 왔다 갔다 했습니다.

톰 아저씨는 세인트 클레어 씨를 침대에 눕혔습니다. 세인트 클레어 씨는 작은 소리로 톰 아저씨를 불렀습니다.

"톰, 나를 위해 기도해 줘. 나는 곧 죽을 거야. 에바의 곁으로 가는 거지."

톰 아저씨는 흐느껴 울며 기도를 시작했습니다. 그러나 세인트 클레어 씨는 끝내 숨을 거두었습니다.

상냥한 주인 에바와 세인트 클레어 씨를 잃은 톰 아저씨는 슬픔에 잠겨 눈앞이 캄캄할 뿐이었습니다.

장례식이 끝나자 마리는 노예들을 한곳에 불러 모았습니다.

톰 아저씨는 자신을 자유의 몸이 되게 해 주겠다던 세인트 클레어 씨의 말이 떠올랐지만 어쩔 도리가 없었습니다.

마리 부인은 친척들이 모두 모인 저택에서 앞으로의 일을 의논하고 있었습니다.

"자, 이제 모든 결정이 끝났습니다. 노예와 그 가족들을 팔고, 이 집을 사겠다는 사람이 나타날 때까지 차분히 기다리기로 하겠습니다."

오필리어는 마리 부인의 말을 듣고 조심스럽게 말했습니다.

"마리, 오거스틴은 톰을 자유롭게 해 주려고 수속을 밟는 중이었어요."

그러나 마리 부인은 눈 하나 깜짝 하지 않았습니다.

"무슨 말씀을 하시는지 모르겠군요. 톰은 글도 알고 영리해서 노예들 중에서 가장 비싼 값으로 팔릴 거예요. 이제 더 이상 집안일에 관여하지 않으셨으면 좋겠군요."

마리 부인이 그렇게 쏘아붙이자 오필리어는 어이가 없어 그 자리에 더 있을 수가 없었습니다.

자기 방으로 돌아온 오필리어는 켄터키의 셸비 부인에게 편지를 썼습니다. 톰 아저씨가 팔려 가게 생겼으니 하루빨리 구해 달라는 내용이었습니다.

그러나 편지의 회답이 오기도 전에 톰 아저씨와 다른 노예들은 노예 시장으로 팔려 갔습니다.

노예 매매

　노예 시장으로 팔려 간 톰 아저씨 일행은 흑인들이 모여 있는 왁자지껄한 방으로 떠밀려 들어갔습니다. 그곳에서 노예 상인들은 노예를 비싼 값에 팔려고 좋은 음식을 먹이고, 광대들을 불러 와 노예들이 명랑해 보이도록 공연을 보여 주고 있었습니다.

　톰 아저씨가 방으로 들어섰을 때는 한 흑인 노예가 사람들 가운데 서서 우스꽝스런 몸짓을 하고 있었습니다. 그러나 톰 아저씨는 좀처럼 불안한 마음이 사라지지 않았습니다.

　조금 뒤, 한 사나이가 담배를 물고 단정하지 않은 옷차림으로 들어왔습니다. 인상이 좋지 않은 그 사나이는 이 노예 저 노예 사이를 왔다 갔다 하며 질문을 하기도 하고 일으켜 세워서 턱을 잡고는 입을 벌려 튼튼한지를 살펴보았습니다.

이윽고 그 사나이는 톰 아저씨에게 다가와 물었습니다.

"어디 태생이지?"

"네, 켄터키입니다."

톰 아저씨는 떨리는 목소리로 대답했습니다.

"거기서 뭘 하고 있었나?"

"농장에서 감독을 했습니다."

"흥, 틀에 박힌 대답이로군."

그 사나이는 말을 내뱉고는 여자 노예들이 모여 있는 곳으로 갔습니다.

구석에서 모녀인 듯한 두 여자가 수군거렸습니다. 어머니와 딸은 둘 다 아름답고 점잖은데다 옷차림으로 보아 지금까지 좋은 집에 있었다는 것을 한눈에 알아볼 수 있었습니다.

그 모녀는 뉴올리언스의 어느 귀부인 집에서 일하던 하녀였지만, 그 집 아들이 사업에 실패한 탓에 이렇게 팔리게 된 것이었습니다. 엄마인 듯한 부인이 말했습니다.

"에멜린, 이렇게 같이 있는 것도 마지막일지 모르겠구나."

"아니에요, 엄마. 걱정하지 마세요. 우리는 꼭 같이 팔릴 거예요. 경매가 시작되면 제 옆에 꼭 붙어 계세요."

어머니와 딸이 수군거리고 있을 때 톰 아저씨에게 말을 걸었던 인상 나쁜 사나이가 에멜린을 거칠게 끌어당겼습니다.

"음, 쓸 만한 검둥이로군."

사나이는 에멜린을 끌어당겨 목이며 팔을 만져 보았습니다. 그녀는 깜짝 놀라 엄마에게 쓰러지며 울음을 터뜨렸습니다.

"경매가 시작될 판인데, 울긴 왜 울어!"

거래소의 감독이 소리를 질렀습니다.

이때 밖에서 노예 매매를 알리는 종이 울렸습니다. 모든 노예들은 줄을 서서 높은 단 위에 한 명씩 차례로 올라서야 했습니다.

이윽고 톰 아저씨의 차례가 되었습니다. 매매 상인은 톰 아저씨가 계산도 할 줄 알며, 글도 알고, 매우 건강하다고 떠들어 댔습니다.

그러자 여기저기서 가격을 외쳤습니다.

"500달러!"

"600달러!"

이때 저쪽 구석에서,

"1,200달러!"

하고 누군가 외쳤습니다.

아무도 더 이상 가격을 외치지 않자, 노예 매매상이 방망이를 두

드려 톰 아저씨가 팔렸음을 알렸습니다. 톰 아저씨는 가장 비싼 값을 부른 새 주인에게로 떠밀려 갔습니다.

새 주인은 경매 전에 톰 아저씨에게 이것저것 물어 보던 그 인상 나쁜 사나이였습니다.

그는 '악한 리글리'로 불리는 악명 높은 사람이었습니다. 본명은 사이먼 리글리였지만, 노예들 사이에서는 악한 리글리로 더 잘 알려져 있었습니다.

이윽고 에멜린과 그 어머니의 순서가 되었습니다.

어머니가 먼저 팔리자 그녀는 새 주인에게 무릎을 꿇고 사정했습니다.

"제 딸도 사 주십시오. 이렇게 빕니다."

새 주인은 마음씨 좋게 생긴 중년 신사였습니다.

"값을 불러 보지. 하지만 저 처녀는 예쁘니까 내가 가지고 온 돈으로는 살 수 없을 거야."

중년 신사가 값을 불렀지만 가격은 점점 더 높아졌고, 결국 톰 아저씨를 산 리글리가 가장 비싼 가격으로 에멜린을 사게 되었습니다.

톰 아저씨와 에멜린 등 리글리에게 팔린 노예들은 미시시피 강 하류인 붉은 강을 거슬러 올라가는 배 밑창에 갇히듯이 넣어졌습니다. 손발이 쇠사슬로 묶여 있었지만 톰 아저씨의 마음은 쇠사슬보다 몇 곱절 더 무거웠습니다.

톰 아저씨는 모든 희망이 사라지는 것 같았습니다. 살아생전에 다시는 이곳으로 돌아오지 못할 것 같았습니다.

톰 아저씨가 탄 배는 '해적호'라는 무시무시한 이름답게 다 낡아 빠진 음침한 배였습니다. 배는 붉은 강을 따라 내려가기 시작했습니다.

톰 아저씨의 새 주인은 선원 출신으로, 붉은 강 하류에 큰 목화밭을 가지고 있었습니다. 배가 출발하자, 리글리는 자기 재산이 된 노예들을 점검하러 배 밑창으로 내려왔습니다.

그는 주먹을 불쑥 내밀더니 크게 소리쳤습니다.

"이걸 봐라. 이 주먹은 노예들을 때려서 단련한 것이다. 이 주먹에 한 대 맞으면 어떻게 되는지 알겠지?"

그러고는 노예들의 소지품과 옷을 빼앗았습니다.

그는 톰 아저씨에게도 거칠게 명령했습니다.

"야, 톰! 그 넥타이를 풀어라!"

톰 아저씨가 수갑이 채워진 손으로 넥타이를 풀려고 낑낑 애쓰자 리글리는 수갑을 풀어 주며 양복과 셔츠마저 벗으라고 명령했습니다.

톰 아저씨는 리글리가 던져 준 다 떨어진 누더기로 갈아입으면서 성경과 조지 도련님이 준 은화, 에바가 죽기 전에 준 금발 한 움큼을 따로 숨겨 두었습니다.

리글리는 톰 아저씨의 물건 중에서 찬송가를 발견하고는 비웃으며 말했습니다.

"흥, 뭐야? 우리 집에서는 내가 곧 하느님이란 말이다!"

그는 톰 아저씨가 신고 있던 구두마저 빼앗아 선원들에게 팔아 치우고는 그 돈을 자기가 다 가졌습니다.

리글리가 노예들을 거칠게 다루는 동안 배는 계속해서 강 하류를 향해 내려갔습니다.

톰 아저씨 일행은 어느 조그만 마을의 나루터에 내렸습니다.

리글리는 맡겨 두었던 마차를 끌고 와서는 짐과 함께 여자 노예 두 명만 태웠습니다.

"너희는 걸어서 간다."

톰 아저씨와 나머지 일행은 걸어서 갔습니다.

몇 시간을 걸었는지 다른 노예들은 발을 질질 끌기 시작했습니다. 톰 아저씨는 너무도 절망적인 마음에 기도조차 나오지 않았습니다.

'아, 어디로 끌려가는 것일까?'

마차는 잡초가 무성한 길을 한참을 달리더니 어느 황폐한 집 앞에 멈추었습니다.

마차가 현관 앞에 다다르자, 사나운 개들이 한꺼번에 짖어 댔습니다.

리글리는 노예들을 향해서 자랑스럽게 외쳤습니다.

"이 검둥이들아, 잘 들어라. 만약에 너희가 도망치려고 하면 이 개들이 끝까지 쫓아가서 잡아올 것이다."

이때 누더기를 걸친 한 흑인이 리글리를 보고는 굽실거리며 달려왔습니다.

"상보, 그동안 별일 없었겠지?"

"예, 주인님. 그럼요."

상보라고 불린 흑인은 리글리의 비위를 맞추려는 듯 계속 굽실거렸습니다.

뒤이어 또 다른 흑인이 달려왔습니다.

"어, 킹보. 그동안 별일 없었겠지?"

리글리는 똑같은 질문을 킹보라는 흑인에게도 했습니다.

킹보라는 흑인은 상보의 눈치를 보며,

"예, 주인님. 주인님께서 시키신 대로 다 했습니다."

하며 아부를 했습니다.

리글리는 상보와 킹보를 이용해서 노예들을 감독하고 있었습니다. 그는 상보와 킹보가 서로 자신이 리글리의 신임을 가장 많이 받고 있다고 생각하게 하는 교묘한 수법으로 그들을 다스리고 있었습니다.

"잘 봐 둬! 새로 사 온 검둥이들이다. 말을 잘 듣지 않으면 사정없이 때려라."

리글리는 이 말을 하고 마차에서 에멜린을 끌어내서 질질 끌다시피 집으로 데리고 들어갔습니다.

상보라고 불린 사나이가 톰 아저씨 일행을 둘러보며,

"다들 나를 따라와!"

하고 앞장서서 걸었습니다.

톰 아저씨는 끌려가는 에멜린을 걱정스러운 듯이 바라보고는 상보를 따라 걸었습니다.

조금 걸어가니까 마치 마구간처럼 허술하게 지은 막사가 보였습니다.

"이게 너희가 살 집이다."

상보가 크게 소리쳤습니다.

막사 바닥에 흙투성이의 짚이 깔려 있을 뿐, 가구라고는 하나도 없었습니다.

톰 아저씨는 너무 지치고 배가 고팠지만 아무 말도 하지 못하고 가만히 앉아 있었습니다. 그러나 얼마나 지쳤는지 이내 잠이 들고 말았습니다.

얼마 후 밖이 소란스러워지며 목화밭에 나갔던 노예들이 돌아왔습니다. 사람들 소리에 잠이 깬 톰 아저씨가 밖으로 나왔습니다.

남녀 할 것 없이 모두가 누더기 옷을 걸치고 있었고, 몹시 피곤하고 쓸쓸한 표정이었습니다.

킹보가 톰 아저씨 앞으로 왔습니다. 그는 옥수수가 들어 있는 자루를 톰 아저씨 앞에 내던지며,

"그게 1주일 치야. 가루로 빻아서 빵을 구워 먹어라."

하고 거칠게 말했습니다.

톰 아저씨는 배가 몹시 고팠지만 옥수수를 빻을 절구와 구울 그릇이 없어서 한참 차례를 기다리다 보니 어느새 한밤중이 되었습니다.

그런데 여자들은 힘센 남자들에게 밀려나 구석에 웅크리고 앉아 있었습니다. 톰 아저씨는 그들의 옥수수도 빻아 주고 나서야 빵을 만들어 먹을 수 있었습니다.

식사를 끝내고 톰 아저씨는 아직 불씨가 남아 있는 장작불 옆에 앉아 성경을 펼쳐 들었습니다.

“그게 뭐예요?”

한 여자가 물었습니다.

“성경이랍니다. 하느님의 말씀이 적혀 있지요.”

“참 오랜만에 보네요. 켄터키를 떠난 이후로 한 번도 본 적이 없어요.”

“켄터키에서 오셨소? 나도 고향이 켄터키라오.”

“아, 그러세요? 켄터키가 정말 그리워요.”

톰 아저씨는 고향을 그리워하며 헛간 맨 끝에 자리를 잡고 잠을 청했습니다.

노예 감독

　다음 날부터 톰 아저씨는 다른 흑인 노예들과 함께 목화밭으로 일하러 나갔습니다.

　정직한 톰 아저씨는 악독한 리글리 밑에서도 전과 다름없이 열심히 일했습니다. 그래서 늘 다른 노예들보다 목화를 두 곱절이나 많이 땄습니다. 다른 일을 시켜도 재빠르고 성실하게 끝냈습니다.

　악한 리글리는 이런 톰 아저씨를 보면서 마음속으로 무척 흐뭇해 했습니다.

　'음, 저 녀석 역시 잘 골랐단 말이야. 나이는 들었지만 부지런히 일하는 게 마음에 들어.'

　그래서 톰 아저씨에게 노예 감독을 시킬까 생각했지만 톰 아저씨가 다른 흑인 노예들에게 친절한 것이 썩 마음에 들지 않았습니다.

뿐만 아니라, 톰 아저씨가 끊임없이 성경을 읽고 하느님에게 기도를 하는 것도 리글리에게는 못마땅한 일이었습니다.

"이런 황무지에서 하느님을 찾다니 건방진 녀석이야."

리글리는 혼자 투덜거렸습니다.

리글리는 이런 톰 아저씨의 행동을 고쳐서 노예 감독을 시키기로 마음먹었습니다.

리글리의 농장은 남부의 전형적인 노예 농장이었습니다. 이른 새벽에 밭으로 나가서 자신이 맡은 양만큼 목화를 따 오면 하루의 일과가 끝나는 것이었습니다.

어느 날, 톰 아저씨 옆에서 갑자기 무서운 기세로 채찍을 휘두르는 소리가 들렸습니다.

"야, 루시! 지금 뭘 하는 거야! 아직도 이것밖에 따지 못했어?"

삼보가 루시라는 여인에게 소리치고 있었습니다.

루시는 서른다섯 살쯤 되어 보이는 여인으로, 기침을 자주 하며 눈빛은 늘 절망적이었습니다.

그 여인은 꼭 죽음을 기다리는 사람 같았습니다.

삼보는 루시를 자기 아내로 삼으려 했지만, 거절을 당한 이후 자주 루시를 괴롭혔습니다.

"내 말을 들었으면 이런 꼴은 당하지 않잖아. 멍청한 것 같으니라고."

상보가 루시에게 소리를 지르고는 돌아섰습니다.

톰 아저씨는 얼른 루시에게 달려가 부축을 해 주었습니다. 그리고는 자신이 딴 목화를 루시의 바구니에 얼른 넣어 주었습니다.

"아저씨, 이러시면 안 됩니다."

"루시, 괜찮아요. 어서 일어나세요."

"아니, 이것들이! 지금 뭘 하는 거야?"

돌아서서 가던 상보가 톰 아저씨와 루시가 하는 이야기를 듣고는 버럭 소리를 질렀습니다. 그러더니 톰 아저씨에게로 다가와서 채찍으로 등을 사정없이 내리쳤습니다.

루시는 깜짝 놀라 벌떡 일어서더니 뭐에 홀린 것처럼 일을 하기 시작했습니다.

리글리는 상보에게 이 이야기를 전해 듣고 저녁이 되기를 기다렸습니다.

"좋아, 오늘 내가 녀석의 버릇을 단단히 고쳐 놓고 말겠어."

리글리는 저울을 앞에 놓고 목화밭에 나갔던 노예들이 돌아오기를 기다렸습니다.

이윽고 목화밭에 나갔던 노예들이 돌아왔습니다.

리글리는 상보와 킹보를 옆에 거느리고서 목화를 적게 딴 노예를 때리려고 목화량을 저울에 달기 시작했습니다.

톰 아저씨의 차례가 되었습니다. 무사히 차례가 지나가고 이번에는 루시의 차례가 되었습니다.

톰 아저씨가 자기가 딴 목화를 주었기 때문에 목화량이 충분했지만, 리글리는 부족하다며 억지를 부렸습니다.

"이 게으름뱅이야! 너는 저기서 기다려라. 오늘은 채찍 맛을 좀 봐야겠어."

리글리가 큰 소리로 외쳤습니다.

루시가 바닥에 엎드려 두 손을 모으고 빌었습니다.

"주인님, 제발 한 번만 봐주세요. 내일부터는 더 많이 따 오겠어요. 그러니 제발…….."

"조용히 하지 못해? 오늘은 그냥 넘어가지 않을 테니 저쪽에 가서 기다려라."

리글리가 외쳤습니다.

"제발 부탁이니 용서해 주세요."

루시는 다시 한 번 두 손을 싹싹 비비며 용서를 빌었습니다. 리글리는 들은 체도 하지 않고 톰 아저씨를 불렀습니다.

톰 아저씨가 리글리 앞으로 다가갔습니다.

"톰, 난 자네가 마음에 들어."

"주인님, 고맙습니다."

"그래서 자네에게 노예 감독을 시키려고 하는데……."

생각지도 못했던 리글리의 말에 옆에서 듣고 있던 상보와 킹보의 얼굴이 일그러졌습니다.

"예, 예. 고맙습니다. 열심히 하겠습니다."

톰 아저씨는 뜻밖이었지만 고개를 숙이며 그러겠다고 대답했습니다.

"자, 노예 감독 톰. 루시의 양이 부족하니 자네가 벌을 주어야겠어."

리글리는 가죽 채찍을 톰 아저씨에게 내밀었습니다.

톰 아저씨는 루시가 따 온 목화가 충분한 양이라는 것을 알았지만, 리글리의 포악한 성질을 잘 알고 있는 터라 조그만 소리로 물었습니다.

"벌이라니요, 주인님?"

"상보와 킹보가 하는 것을 많이 보아 왔겠지. 자, 이 채찍으로 루시를 때려! 어서!"

리글리는 크게 외쳐 댔습니다.

“주인님! 용서하십시오. 저는 그런 끔찍한 일은 정말로 할 수 없습니다. 죄송합니다.”

톰 아저씨는 바닥에 무릎을 꿇고 빌었습니다.

“뭐라고? 저 여자를 때릴 수 없단 말이지?”

“네, 주인님. 다른 일은 시키시는 대로 힘껏 하겠지만 사람을 때리는 일만은 못 합니다. 부디 너그럽게 용서해 주십시오, 주인님!”

그러자 리글리의 얼굴이 성난 짐승처럼 일그러졌습니다.

“감히 내 말을 거역하다니…….”

리글리는 기다렸다는 듯이 가죽 채찍을 높이 들어 톰 아저씨의 얼굴과 몸에 내리쳤습니다.

얼굴에서 금세 핏방울이 떨어졌습니다. 그러나 톰 아저씨는 그냥 내버려두었습니다.

“자, 이제는 내 말을 따르겠느냐?”

리글리가 씩씩거리며 물었습니다.

“죄송합니다, 주인님. 루시는 지금 몹시 아픕니다. 그녀를 때리는 것은 정말 잔인한 일입니다. 만약에 그녀를 때린다면 하느님이 용서해 주시지 않을 것입니다.”

“맹랑한 놈, 나는 네 주인이야. 너를 1,200달러나 주고 사 왔다고. 그러니 너의 몸도 마음도 모두 내 거야.”

리글리는 성난 짐승처럼 소리쳤습니다.

"아닙니다, 주인님. 제 영혼만은 하느님 것입니다. 주인님은 제 몸을 사셨지만 영혼은 살 수가 없는 것입니다."

"뭐, 하느님? 여기서는 내가 하느님이라는 걸 깨닫게 해 주지. 상보, 킹보! 이 녀석을 끌고 가서 버릇을 고쳐 놔!"

상보와 킹보는 노예 감독 자리를 빼앗길까 불안하던 참에 리글리가 명령을 하자 신이 나서 톰 아저씨를 끌고 갔습니다.

루시는 울다가 그 자리에 쓰러졌고, 다른 노예들은 겁을 먹고 끌려가는 톰 아저씨를 바라볼 뿐이었습니다.

울려 퍼지는 노랫소리

톰 아저씨는 회초리로 맞은 상처가 아물기도 전에 목화밭에 나가서 일을 해야 했습니다.

평소 톰 아저씨는 고통 뒤에 하느님께서 꼭 밝은 빛을 주신다는 것을 믿었지만, 지금은 고통이 큰 나머지 정말 하느님이 계신지 의심스러울 정도였습니다.

요즘은 성경을 읽을 시간도 없고 일요일에도 일을 했기 때문에 시간이 어떻게 지나가는지 모를 지경이었습니다.

톰 아저씨는 왜 이곳 사람들이 모두 우울한 모습으로 지내는지 이해하게 되었습니다.

어느 무더운 날, 리글리의 부인으로 지내던 캐시가 목화밭에 나왔습니다. 캐시는 다른 노예들과 마찬가지로 팔려 왔지만 리글리가 부인으로 삼았기 때문에 저택에서 같이 살았습니다.

리글리는 캐시가 목화밭에 나가서 일을 하겠다고 말했을 때 믿지 않았습니다. 이 더운 날, 저택에서 편하게 있지 않고 힘든 목화밭 일을 하겠다고 하자 어이가 없어 대꾸도 하지 않았던 것입니다.

그러나 캐시는 도망칠 궁리를 하고 있었습니다.

리글리는 캐시가 자기에게 상냥하게 굴지 않자, 새로 데려온 에멜린과 가까이 지내면서 캐시를 괴롭혔습니다.

"캐시, 좀 상냥하게 대해 줄 수 없나. 그렇다면 좀 더 편하게 살도록 해 주지!"

리글리가 부드럽게 말했지만, 자신이 낳은 아이를 다른 농장에 팔아 버린 리글리를 증오하고 있던 캐시는 에멜린을 데려온 것을 오히려 다행스럽게 생각했습니다.

그리고 기회를 엿보다 거친 밭일을 하겠다고 졸라 농장으로 나온 것입니다. 캐시는 일을 하며 톰 아저씨가 다른 노예들과 달리 성실하고 정직하다는 걸 느끼고 그에게 다가갔습니다.

서로 어느 정도 친해지자 캐시가 톰 아저씨에게 살짝 속삭였습니다.

“톰 아저씨, 저는 이곳에서 도망칠 거예요.”

“안 돼요. 그러다가 잡히는 날에는 죽음을 당할 거예요.”

“이곳에서 계속 사느니 차라리 죽는 것이 낫겠어요. 에멜린과 계획을 이미 다 세웠어요. 아저씨가 함께 가 주신다면 훨씬 쉬울 거예요.”

캐시가 속삭였습니다.

“캐시, 난 도망칠 수 없어요. 이곳에서 일하는 것이 하느님의 뜻이라면 그렇게 할 겁니다.”

톰 아저씨는 대답했습니다.

“아니에요, 톰 아저씨. 하느님은 이곳에는 계시지 않아요. 다른 곳에는 계실지 모르겠지만…….”

캐시는 이렇게 이야기하며 길게 한숨을 내쉬었습니다.

그날 밤, 톰 아저씨는 몹시 지친 몸으로 불 옆에 앉아 호주머니에서 손때가 묻은 성경을 꺼내 들었습니다. 그리고는 낮에 캐시와 나누었던 이야기를 생각했습니다.

‘아, 하느님은 정말 이곳에는 계시지 않는 걸까?’

톰 아저씨는 성경을 도로 호주머니에 넣었습니다. 그때 머리 위에서 요란한 웃음소리가 들려왔습니다.

고개를 드니 리글리가 서 있었습니다.

"고마운 너의 하느님도 여기선 소용이 없다는 걸 이제 겨우 깨달은 모양이군. 어때, 톰! 여기선 내가 하느님이란 말이다. 이제부터는 내가 시키는 대로 고분고분 말을 듣도록 해. 그렇다면 킹보와 상보보다도 편하게 지내게 해 줄 테니까."

"주인님, 그래도 전 하느님을 의지하고 살겠습니다."

"흥, 너의 하느님이 널 구해 주실 것 같은가?"

"하느님이 구해 주시지 않더라도 저는 그분을 믿고 꼭 의지하겠습니다."

잔뜩 화가 난 리글리는 톰 아저씨의 얼굴에 침을 뱉고는 구둣발로 사정없이 짓밟았습니다.

노예들이 막사에서 보고 있었지만 어느 누구도 감히 나서지 못했습니다.

톰 아저씨는 꼼짝도 하지 않았습니다. 리글리는 톰 아저씨가 아무 말도 하지 않자 화를 내며 저택으로 돌아갔습니다.

톰 아저씨는 무릎을 꿇고 생각에 잠겼습니다. 리글리에게 자신 있게 말하기는 했지만 의심스러웠습니다.

'정말 이곳에 하느님이 계시는 걸까?'

그러자 지난 일들이 떠올랐습니다. 셸비 씨 집에서 행복하게 지냈던 시절, 오두막에서 찬송가를 부르던 일, 클로와 아이들의 웃음소리, 에바 아가씨와의 즐거운 시간들…….

그러자 눈물이 마구 쏟아지며 예수님께서 고통당하는 모습이 눈앞에 나타났습니다.

톰 아저씨는 모든 고통이 갑자기 사라지는 것 같았습니다. 곧 기쁨이 넘쳐났습니다.

톰 아저씨는 밤하늘에 빛나는 별을 바라보았습니다. 그는 찬송가를 부르기 시작했습니다. 노랫소리가 점점 커졌습니다. 옆에서 지켜보던 노예들이 처음에는 머뭇머뭇하더니 어느덧 하나둘씩 찬송가를 따라 불렀습니다.

리글리도 노랫소리를 듣게 되었습니다. 그러나 두려운 마음에 선뜻 달려오지 못했습니다.

다음 날 아침, 지친 몸에 누더기를 걸치고 있었지만, 톰 아저씨의 얼굴엔 기쁨이 넘쳐났고 입에선 찬송가가 흘러나왔습니다. 그리고 어느새 걸음걸이도 씩씩해졌습니다.

상보와 킹보도 이런 톰 아저씨가 두려워서 함부로 대하지 못했습니다.

도망친 캐시

캐시는 리글리에게 미움을 받아 다락방에 갇히게 되었습니다. 그런데 그곳은 몇 년 전에 한 여자 노예가 갇혔다가 리글리에게 맞아 죽었던 곳이었습니다.

캐시는 그 사실을 이용해 도망치기로 했습니다. 어느 날 아침, 캐시는 몸을 부르르 떨며 말했습니다.

"리글리, 어젯밤에 다락방에서 이상한 소리가 들렸어요."

"캐시, 오늘도 목화밭에 나갈 거야?"

리글리는 섬뜩했지만 일부러 엉뚱한 말을 했습니다.

"목화밭으로 가든 안 가든 그건 내 자유예요!"

캐시가 쏘아붙였습니다.

“캐시, 당신이 상냥하게 굴기만 한다면 내 방에서 다시 지낼 수 있게 해 주지.”

리글리는 이렇게 말하며 나갈 준비를 했습니다.

캐시는 현관문을 나서는 리글리에게 울먹이며 말했습니다.

“다락방에 유령이 있는 것 같다니까요.”

리글리는 아무렇지도 않은 듯 집에서 나왔지만 속으로는 불안했습니다.

리글리는 목화밭을 둘러보다가 무엇이 기쁜지 콧노래를 흥얼거리며 열심히 일하고 있는 톰 아저씨를 보았습니다. 순간 은근히 화가 났습니다. 캐시의 유령 이야기도 내심 마음에 걸렸던 터라 톰 아저씨를 불러 다짜고짜 채찍으로 때렸습니다.

그러나 톰 아저씨는 아무 말도 않고 묵묵히 일만 했습니다.

“이래도 그 너절한 노래를 또 부를 테냐?”

“예, 주인님. 언짢으셨다면 용서하세요.”

“상보, 킹보!”

갑자기 리글리는 상보와 킹보를 불렀습니다.

“오늘은 기분이 언짢다. 들어가서 술이나 마시자.”

“네, 주인님.”

상보와 킹보는 신이 나서 리글리의 뒤를 따라 들어갔습니다.

"자, 마음껏 마셔라! 상보, 노래를 불러라. 킹보, 넌 춤을 신나게 춰라!"

두 노예는 주인의 웃는 모습을 보려는 광대처럼 굽실거리며 미친 듯이 노래하고 춤을 추었습니다.

그러는 사이 밤이 깊었습니다. 다락방에서 갑자기 캐시가 비명을 질렀습니다.

"리글리, 유령이에요, 유령!"

리글리와 두 노예는 다락방을 향해 허겁지겁 달려갔습니다.

"저, 저쪽 구석이에요."

캐시가 문 앞에서 오들오들 떨면서 구석을 가리켰습니다.

어둡고 침침한 다락방 구석에서는 정말로 유령이 나올 것만 같았습니다.

"들어 보세요. 저, 저 소리요."

멀리서 신음 소리가 들리는 것 같았습니다.

"바람 소리야, 캐시. 내가 들어가 보도록 하지."

그때 갑자기 비명 소리가 들렸습니다. 리글리와 두 노예는 허둥지둥 도망쳤습니다.

캐시의 계획대로 리글리는 몇 년 전 자기 손에 목숨을 잃은 여자 노예가 유령이 되어 나타났다고 생각했습니다.

그러나 그 소리는 에멜린이 한쪽 구석에서 낸 소리였습니다.

다시 며칠이 지난 어느 날 저녁이었습니다. 그날 밤은 아침부터 바람이 불어 무척이나 음산했습니다.

캐시는 드디어 기회가 왔다고 생각하고 에멜린과 함께 도망치기로 결심했습니다.

"아무 걱정 말고 내 뒤만 따라와."

캐시가 앞장서며 에멜린에게 말했습니다.

"정말 눈에 띄지 않게 도망칠 수 있을까요?"

에멜린은 몸을 덜덜 떨며 물었습니다.

"걱정하지 마. 일부러 눈에 번뜩 띄어야 우리 계획이 성공할 테니까."

캐시와 에멜린은 살그머니 밖으로 나온 다음, 노예들의 막사를 지나 늪이 있는 쪽으로 달음질을 쳤습니다.

그때 상보와 킹보가 두 사람을 발견하고는 소리쳤습니다.

리글리가 달려오고 사냥개들이 짖어 댔습니다.

캐시와 에멜린은 계획대로 수렁 속으로 뛰어들었습니다.

"미쳤군. 제 발로 수렁 속으로 들어가다니……. 상보, 사냥개를 풀어라, 어서!"

캐시가 미리 예상했던 대로 상보와 킹보는 사냥개를 풀어 주러 갔습니다. 그 사이에 둘은 수렁에서 나와 다시 다락방으로 숨어 들어갔습니다.

"두 노예를 잡는 자에게는 5달러씩 상금을 주겠다."

리글리가 소리쳤습니다. 잠자고 있던 노예들도 모두 나와서 캐시와 에멜린을 추적했지만 아무도 찾지 못했습니다.

다락방 창문으로 이 모습을 지켜보던 캐시는,

"여기서 2, 3일 숨어 있다가 안전해지면 도망치는 거야."

하고 에멜린에게 말했습니다.

"리글리가 이곳으로 찾아오지는 않을까요?"

에멜린은 아직도 불안한 듯 물었습니다.

"그 녀석한테 그런 용기가 있을까?"

캐시는 태연히 젖은 옷을 갈아입고 자리에 누웠습니다.

그들은 미리 식량과 물, 옷가지를 다락방에 숨겨 놓았기 때문에 그곳에서 며칠 지내더라도 문제가 없었습니다.

리글리는 다음 날 아침 해가 뜨자마자 다시 수색을 시작했습니다. 그러나 두 여자 노예를 찾을 수 없었습니다.

자유, 자유!

캐시와 에멜린이 다락방에 숨어 들어간 다음 날도, 그 다음 날도, 리글리는 노예들과 사냥개를 풀어 늪을 샅샅이 뒤졌습니다. 그러다가 리글리는 왠지 톰 아저씨가 수상하다는 생각이 들었습니다.

"아무래도 톰이 수상해! 그 녀석은 수색대에 전혀 끼지도 않았단 말이야."

리글리는 혼자 중얼거리더니 소리쳤습니다.

"킹보, 톰을 끌고 와라!"

킹보가 톰 아저씨를 끌고 왔습니다. 그러자 리글리는 다짜고짜 톰 아저씨의 멱살을 움켜쥐며 소리쳤습니다.

"이봐, 톰! 나는 오늘 너를 죽일지도 모른다. 묻는 말에 사실대로 대답해라."

"네, 주인님. 말씀하십시오."

톰 아저씨는 조용히 대답했습니다.

"캐시와 에멜린이 도망쳤다. 너는 그 사실을 미리 알고 있었지? 그렇지?"

"저는 아무것도 모릅니다."

"바른대로 말해!"

리글리는 소리를 버럭 크게 지르며 톰 아저씨를 세게 내리쳤습니다.

"정말 전 모릅니다."

리글리는 분을 참지 못하고 채찍을 휘둘렀습니다.

'철썩, 철썩!'

리글리는 온 힘을 다해 채찍을 내리치며 다시 물었습니다.

"자, 마지막으로 묻겠다. 그것들이 어디로 도망쳤지?"

"전 정말 모릅니다. 혹시 제가 안다고 해도 말씀드릴 수가 없습니다, 주인님."

"그래, 지금까지는 너를 봐줬지만 이번에는 어림없다. 넌 내 거야. 내 노예라고! 내가 시키는 대로 하든지 죽든지 둘 중의 하나만

택해야 한다.”

“주인님, 제가 죽어서 주인님의 영혼을 구할 수 있다면 기꺼이 죽겠습니다. 그렇지만 주인님, 죄를 짓지는 마십시오. 제가 받는 고통은 곧 사라지지만 주인님은 평생토록 매우 괴로울 것입니다.”

그러나 그 말이 채 끝나기도 전에 리글리의 채찍은 벌써 톰 아저씨의 몸 구석구석을 내리치고 있었습니다.

채찍에 맞은 톰 아저씨의 얼굴은 눈 뜨고 볼 수 없을 정도로 처참했지만 눈빛만은 아주 고요했습니다.

리글리는 아무리 맞아도 꿈쩍 않는 톰 아저씨가 두려웠습니다. 그래서 상보와 킹보에게 대신 매질을 시켰습니다.

밤이 깊어 가도록 채찍질 소리는 요란했지만 톰 아저씨의 입에서는 아무 말도 나오지 않았습니다. 오히려 얼굴에는 이상한 광채까지 돌았습니다.

톰 아저씨는 이제 거의 숨조차 쉬지 못할 지경이었습니다. 그러나 여전히 한 마디도 하지 않았습니다.

상보와 킹보도 보다 못해 채찍질을 멈추고 톰 아저씨를 자리에 가만히 눕혔습니다.

“아아, 이제 나는 예수님이 계신 곳으로 가는구나. 주님, 저들을 용서하소서!”

톰 아저씨는 나지막한 목소리로 기도를 했습니다.

"톰, 우리는 정말 어쩔 수가 없었어요. 주인님이 시키는 대로 했을 뿐이에요."

상보와 킹보는 톰 아저씨가 죽을지도 모른다고 생각하니 잔뜩 겁이 나서 톰 아저씨에게 용서를 빌었습니다.

"알고 있어. 난 자네들을 용서하네. 하느님의 은총이 함께하시길……."

두 사람은 톰 아저씨의 상처에서 흐르는 피를 닦아 주며 숨이 끊어질 듯한 목소리로 들려주는 예수님의 사랑과 구원에 대한 이야기를 들었습니다.

그때 리글리의 현관 앞에 마차가 한 대 멈추어 섰습니다. 그 마차에서 젊은 남자가 내렸습니다.

바로 조지 셸비였습니다. 톰 아저씨가 노예 시장에 팔리기 전 오필리어가 셸비 부인에게 보낸 편지가 한두 달 늦게 도착했던 것입니다.

셸비 씨 가족들은 그 편지를 읽으며 몹시 걱정했습니다. 그러나 셸비 씨가 갑자기 열병을 앓다가 결국은 세상을 떠나게 되었습니다. 그래서 그제야 이곳에 올 수 있었던 것입니다.

리글리는 조지를 퉁명스럽게 맞이했습니다.

"무슨 일이오? 왜 여기까지 온 거요?"

"리글리 씨, 당신이 뉴올리언스에서 톰이란 사람을 샀다고 들었습니다."

조지는 예의를 갖추어 물었습니다.

"그렇소. 그런데 그게 뭐 어쨌다고 그러는 거요?"

"톰은 원래 내 아버지 집에서 일했습니다. 그래서 톰을 다시 사가려고 이렇게 왔습니다."

"톰은 팔지 않겠소. 돌아가시오!"

리글리는 눈살을 찌푸리며 말했습니다.

"그렇다면 톰을 한 번만 만나게 해 주십시오."

조지는 무척 화가 났지만 간청했습니다.

리글리는 할 수 없다는 듯이,

"톰은 여기 있지요. 가장 반항적이고 건방진 놈이오. 내 여자 노예 둘을 도망치게 했소. 그리고는 끝내 그들이 숨은 곳을 말하지 않아서 매질을 당했소. 죽을지도 모르니 가서 만나 보도록 하시오."

하고 퉁명스럽게 말했습니다.

"지금 어디 있습니까?"

조지는 리글리의 말에 두 주먹을 불끈 쥐고 물었습니다.

“알아서 찾아보시오.”

리글리는 끝까지 거칠게 말했습니다.

다락방에서 이들의 대화를 엿듣고 있던 캐시는 자기 처지가 위험하다는 것도 잊은 채, 자기 때문에 심한 고통을 당한 톰 아저씨에게 조금이나마 도움이 되고자 뛰쳐나왔습니다.

“리글리, 이 악당! 당신은 지옥에나 떨어져요!”

리글리는 유령을 본 것처럼 놀라며 꼼짝 못 하고 그 자리에 얼어붙어 버렸습니다.

“조지 씨, 저를 따라오세요. 지금 톰 아저씨는 죽어 가고 있어요.”

캐시는 눈물을 흘리며 톰 아저씨가 누워 있는 막사로 조지를 안내했습니다.

“어떻게 이런 일이 있을 수 있지?”

다 쓰러져 가는 막사에 도착한 조지는 신음하듯 한숨을 내뱉었습니다.

조지는 막사 한쪽 구석에 누더기를 걸친 채 거칠게 숨을 몰아쉬고 있는 톰 아저씨를 발견했습니다.

“톰 아저씨! 어쩌다가 이렇게 되셨어요?”

조지는 이렇게 외치고는 톰의 곁으로 가서 얼른 무릎을 꿇었습니다.

“나예요. 조지예요. 톰 아저씨, 눈 좀 떠 보세요!”

톰 아저씨는 겨우 눈을 뜨고 조지의 얼굴을 바라보았습니다. 무척이나 반가웠지만 그저 빙그레 웃을 뿐이었습니다.

“조지 도련님. 아아, 하느님.”

“톰 아저씨, 죽으면 안 돼요. 나는 톰 아저씨를 집으로 데려가려고 왔어요. 같이 켄터키로 돌아가야 해요.”

“조지 도련님, 저는 이미 하느님이 구원해 주셨어요……. 그리고 천국은 켄터키보다 좋은 곳이니까…… 죽는 것이 두렵지 않아요…….”

톰 아저씨는 고통스러운 듯이 띄엄띄엄 말했습니다.

이때 리글리가 궁금하다는 듯이 막사 안을 기웃거렸습니다. 그를 발견한 조지는 주먹을 불끈 쥐며 소리쳤습니다.

“악마 같은 녀석! 가만두지 않을 테야!”

“조지 도련님, 그를 용서하셔야 해요. 그에게 하느님의 사랑을 알려 주셔야 해요.”

“오, 불쌍한 톰 아저씨! 죽으면 안 돼요.”

조지는 울부짖으며 톰 아저씨의 얼굴을 어루만졌습니다.

“도련님, 저는 불쌍하지 않아요. 이제 예수님을 만날 수 있으니까요. 마지막으로 클로와 아이들을 부탁드립니다.”

마지막 말을 마친 톰 아저씨는 더 이상 움직이지 못하고 평화로이 숨을 거두었습니다.

조지는 톰 아저씨의 눈을 감겨 주고 일어섰습니다. 등 뒤에 서 있는 리글리를 보자 화가 치밀어 올랐지만 꾹 참고 조용히 입을 열었습니다.

"톰 아저씨를 묻어 줘야겠습니다."

"검둥이를 묻다니……."

그러나 리글리는 분위기에 압도된 듯 더 이상 아무 말도 하지 못했습니다.

상보와 킹보가 마차에 조지의 외투를 깔고는 톰 아저씨를 안아다 눕혔습니다.

그들은 정성껏 톰 아저씨를 묻어 주었습니다. 그리고 흙을 쌓아 올린 다음, 무덤 위에 파란 잔디를 덮었습니다. 그것은 한 영혼의 따뜻한 잠자리였습니다.

조지는 무덤 앞에 꿇어 엎드려 기도를 했습니다. 그리고 자신이 소유하고 있는 모든 노예들에게 자유를 주고 이 땅의 노예 해방을 위해 싸우겠노라고 톰 아저씨에게 약속했습니다.

노예 해방

켄터키의 집으로 보내는 조지의 편지에는 돌아갈 날짜만 적혀 있었습니다. 조지는 톰 아저씨의 죽음을 도저히 편지로 알릴 수가 없었습니다.

셸비 부인은 걱정을 하며 하루하루를 보냈습니다.

조지가 도착하는 날, 클로 아주머니를 비롯한 많은 사람들이 기쁜 마음으로 톰 아저씨를 맞이할 준비를 하고 있었습니다.

저택 한가운데 난로에서는 호두나무 장작이 기세 좋게 타고 있었습니다. 톰 아저씨의 식탁에는 접시며 컵들이 단정하게 놓여 있었고, 클로 아주머니가 바쁘게 이리저리 움직이고 있었습니다.

"마님, 도련님 자리는 난로 옆으로 했어요. 도련님은 불 옆에 가까이 앉는 걸 좋아하시잖아요."

클로 아주머니는 머뭇거리며 셸비 부인에게 말했습니다.

"그런데 저, 영감에 대해선 뭐라고 하시던가요?"

"나도 그 점이 궁금한데 아무 말도 쓰지 않았더군."

"영감이 막내 폴리를 보면 몹시 놀라겠지요? 영감이 떠날 때는 아기였으니까요."

셸비 부인은 클로 아주머니 몰래 한숨을 내쉬었습니다. 편지에 톰 아저씨에 대한 이야기가 한 마디도 없는 것이 자꾸 마음에 걸렸습니다.

그때 마차 소리가 가까이에서 들려왔습니다. 클로 아주머니는 급히 창가로 달려갔습니다.

"마님, 조지 도련님이에요."

그러나 꿈에도 그리던 톰 아저씨의 모습은 전혀 보이지 않았습니다. 클로 아주머니는 현관까지 뛰어나가 보았지만 역시 조지 혼자였습니다.

조지는 자기를 멍하니 바라보고 있는 클로 아주머니의 손을 잡으며 천천히 입을 열었습니다.

"아, 어떻게 말해야 좋을지 모르겠어요. 난 내 재산을 다 털어서라도 톰 아저씨를 데려오고 싶었지만 톰 아저씨는 이미 우리가 데려올 수 없는 먼 곳으로 떠나셨어요."

셸비 부인은 충격으로 비명을 질렀지만 클로 아주머니는 아무 말도 하지 않았습니다.

셸비 부인이 흐느껴 울기 시작하자 그제야 클로 아주머니도 톰 아저씨가 죽었다는 사실이 실감이 나는지 숨을 죽여 울었습니다.

"미안해요, 클로. 결국 우리가 톰을 죽인 거야. 아무런 도움도 주지 못하고⋯⋯."

한동안 그들은 말없이 울었습니다.

조지는 클로 아주머니 옆에 앉아 톰 아저씨가 숨을 거두는 순간까지의 이야기를 들려주었습니다. 그리고 얼마나 훌륭한 죽음이었는지 이야기했습니다. 또 톰 아저씨가 가족들에게 전해 달라던 이야기도 해 주었습니다.

그로부터 반년이 지난 어느 날 아침이었습니다. 셸비 집안의 모든 노예들이 불려 왔습니다.

젊은 주인 조지 셸비는 그들에게 서류 뭉치를 하나씩 나누어 주었습니다.

"자, 여러분. 지금 나누어 준 것은 여러분들이 자유라는 것을 증명하는 자유 증명서입니다."

하인들은 기쁨을 참지 못해 웃기도 하고 울기도 했습니다.

"도련님, 저희는 이곳에서 지내는 것이 편하고 자유스럽습니다. 굳이 떠나라는 말씀은 하지 마세요."

"여러분들이 떠나든 남아 있든 상관하지 않겠습니다. 다만 자유의 몸이 되었으니 계속 이곳에서 일을 하고 싶다면 품삯을 주겠습니다."

모두들 존경의 눈으로 조지 셸비를 바라보았습니다.

"여러분이 자유를 찾게 된 것은 모두 톰 아저씨의 죽음 덕분입니다. 모두들 톰 아저씨를 위해 기도해 주세요. 그의 죽음은 매우 숭고하고 아름다운 것이었습니다."

흑인 노예들 사이에서는 그들만이 부르는 찬송가가 흘러나오기 시작했습니다.

슬픔이 지나고
기쁜 날이 찾아왔네.
속죄함을 입은
땅 위에 사는 사람들이여!
집으로 가려네.
행복한 나의 옛 집으로!

세계명작 시리즈와 함께 논리·논술 **Level Up!**

● **이해 능력 Level Up!**

1. 농장 주인 셸비는 빚을 갚기 위해서 헤일리에게 누구를 팔겠다고 했는지, 아래 글을 읽고 답하세요.

"왜 그러나, 헤일리? 톰은 여느 하인과는 많이 다르다네. 톰은 아주 부지런하고 근면하지. 그래서 우리 농장일을 모두 도맡아 하고 있어. 또 무척 정직하지. 어디에 내놓아도, 누구에게 팔더라도 제값을 톡톡히 받을 수 있는 검둥이라네."
"셸비 씨, 아무리 부지런하고 정직한 놈이라 해도 검둥이는 역시 검둥이지요! 그리고 무엇보다 톰 한 녀석만 가지고는 셸비 씨가 진 빚을 모두 갚을 수는 없습니다."

  1) 일라이저   2) 조지 해리스   3) 톰   4) 클로   5) 해리

2. 조지 해리스는 일라이저에게 어디로 도망가겠다고 했나요? 아래 글을 읽고, 알맞은 답을 쓰세요.

"캐나다로 도망가겠단 말이오. 캐나다에 가서 돈을 벌어 당신과 해리를 데리러 오겠소. 돈에 팔리는 노예의 몸이니 돈을 벌어 와서 당신과 해리를 사면 돼. 당신과 해리가 자유롭게 되면 우린 행복하게 살 수 있을 거야."

1) 미국   2) 스위스   3) 네덜란드   4) 캐나다   5) 독일

3. 헤일리는 도망친 일라이저를 잡기 위해 사람들의 왕래가 끊어진 지 오래된 길로 들어서게 되었습니다. 어째서 그런 험한 길을 선택하게 되었는지, 아래 글을 읽고 답하세요.

"네놈들 말은 믿을 수가 없어. 너희가 새 길로 가자고 하니까 난 예전 길로 가겠다. 앞장서!"
사실은 그 길은 사람들 왕래가 끊어진 지 오래되어서 길이 험해졌기 때문에 빨리 갈 수가 없었습니다. 샘과 앤디는 그 점을 노렸던 것입니다.

1) 샘과 앤디의 말을 믿을 수가 없어서

2) 샘과 앤디가 그 길로 가기를 간절히 원해서

3) 샘과 앤디가 길을 잘 모르는 것 같아서

4) 샘과 앤디를 힘들게 하고 싶어서

5) 헤일리가 평소 잘 아는 길이어서

4. 위험을 무릅쓰고 미시시피강을 건넌 일라이저를 도와준 심즈 씨는 누구의 집에 도움을 청했나요?

1) 심즈 씨의 집

2) 상원 의원 버드 씨의 집

3) 노예 상인 헤일리의 집

4) 농장 주인 셸비의 집

5) 샘과 앤디의 집

5. 일라이저를 놓친 노예 상인 헤일리가 여인숙에서 누구를 보고 그렇게
   기뻐했는지, 다음 글을 읽고 알맞은 답을 고르세요.

> 그때 현관 쪽에서 시끄러운 소리가 들리더니 키가 2미터쯤 되어 보이는 몸집이
> 육중한 사나이가 들어왔습니다. 헤일리는 그쪽을 돌아보면서 무릎을 탁 치며,
> "옳지, 됐다! 나를 도와줄 사람이 나타났구나. 저 친구는 노예잡이 톰 로커가
> 틀림없어."
> 하고 중얼거렸습니다.

   1) 일라이저   2) 조지 해리스   3) 해리

   4) 톰 로커   5) 샘과 앤디

6. 팔려 간 톰 아저씨는 배 위에서 에바라는 소녀를 만났습니다. 그리고
   에바에게 작은 선물을 했습니다. 톰 아저씨는 에바에게 어떤 선물을
   했나요? 아래 글을 읽고, 답하세요.

> 어느 날 톰 아저씨는 소녀의 관심을 끌려고 호두로 인형을 만들어 선물해
> 주었습니다. 그 소녀는 카나리아처럼 앙증맞은 모습으로 파란 눈을 반짝이
> 며 감탄했습니다.
> "참 예쁜 인형이네요."

   1) 호두과자   2) 목각으로 만든 인형

   3) 호두로 만든 인형   4) 성경책   5) 꽃다발

7. 『톰 아저씨의 오두막집』에 나오는 톰 아저씨는 어떤 사람입니까?

   1) 술주정꾼   2) 욕심쟁이   3) 신경질적인 사람

   4) 정직한 사람   5) 남을 괴롭히는 사람

8. 아래 글을 잘 읽고, 톰 아저씨가 에바의 집에서 하게 된 일이 무엇인지
   알맞은 답을 고르세요.

> "응, 나도 고맙소. 그런데 톰, 마부 노릇은 할 수 있겠지?"
> "예, 말 다루는 일은 익숙합니다."
> "그럼 됐어. 집에 가면 당신을 마부로 쓰도록 하지."

   1) 기사   2) 마부   3) 정원사   4) 청소부   5) 비서

9. 아래 글을 읽고, 에바의 엄마 마리가 어떤 사람인지 답하세요.

> 마리는 사교계에 이름이 알려진 부잣집 딸로, 두 사람이 결혼할 때 그녀는
> 어마어마한 지참금을 갖고 왔습니다. 그러나 마리는 한 가정의 주부 역할을
> 잘 해내지 못했습니다. 집안일에는 흥미가 없었고 집에 있는 날은 머리가
> 아프다며 늘 누워 있기만 했습니다. 그런 태도는 에바를 낳고 나서도 변하
> 지 않았고, 오히려 에바를 귀찮아하기까지 했습니다.

   1) 매우 엄격하다.   2) 다정하고 부드럽다.
   3) 사교성이 뛰어나다.   4) 자립심이 강하다.
   5) 집안일에 흥미가 없고 모든 것을 귀찮게 여긴다.

10. 세인트 클리어 씨가 데리고 온 흑인 여자 아이의 이름이 무엇인지,
    아래 글을 읽고 알맞은 답을 찾아 보세요.

> "누님이 입버릇처럼 흑인을 교육시켜야 한다고 하셨잖아요. 그래서 이 애를
> 교육시켜서 훌륭한 사람으로 만드시라고요."
> 세인트 클레어 씨가 대답했습니다.
> "톱시, 누님에게 춤과 노래를 보여 드려라."

1) 톱시   2) 에바   3) 일라이저   4) 클로   5) 오필리어

11. 오필리어가 다그치자 톱시가 거짓말로 훔쳤다고 한 물건이 무엇인지,
   아래 글을 읽고 답하세요.

"또 무엇을 훔쳤니? 어서 말해."
오필리어가 다그쳤습니다.
"에바 아가씨의 산호 목걸이를 훔쳤어요."
톱시가 아무렇지도 않은 얼굴로 대답했습니다.

1) 다이아몬드 반지   2) 산호 목걸이   3) 하트 펜던트
4) 사파이어 귀걸이   5) 루비 팔찌

12. 아래 글을 읽고, 에바와 톰 아저씨가 무엇을 하며 즐거운 시간을
   보냈는지 골라 보세요.

아저씨는 에바와 말동무를 하며 하루하루 보내는 것
이 즐거웠습니다. 에바도 톰과 함께 성경을 읽고, 때
때로 찬송가를 부르면서 지내는 시간이 가장 행복했
습니다.

1) 그림을 그리며   2) 물놀이를 하며
3) 곤충을 채집하며   4) 글자 공부를 하며
5) 성경을 읽고 찬송가를 부르며

13. 아래 글을 읽고, 톰 아저씨를 다시 켄터키로 데려오기 위해 클로
   아주머니는 어떤 일을 하기로 했는지 골라 보세요.

"제가 돈벌이를 따로 해서 톰을 데려오면 안 될까요?"
"클로 어멈이 어디로 돈을 벌러 간다는 거지?"
"샘의 이야기를 들으니 루이스빌의 과자점에서 빵을 굽는 식모 한 사람을
구한다나 봐요. 그래서 그리 한번 가 볼까 하는데요."

1) 베이비 시터   2) 빵 굽는 식모   3) 재봉사
4) 가게 점원   5) 마부

14. 도망친 노예 조지 해리스는 손바닥에 어떤 글자가 새겨져 있었는지,
아래 글을 읽고 답하세요.

"소유자에게서 도망친 혼혈 노예 조지를 찾음. 조지는
키가 2미터 가까이 되고 머리털은 갈색이며, 매우 총
명해서 일도 잘하고 글도 정확하게 씀. 어깨와 등에 큰
흉터가 있고 오른손에 H라는 낙인이 있음. 광고주 해
리스."

1) A   2) H   3) Z   4) Y   5) M

15. 아래 글을 읽고, 몸이 아픈 에바가 왜 갑자기 머리카락을 자르고 싶어
했는지 그 이유를 찾아보세요.

"갑자기 머리는 왜 자르려고?"
"사실은 덥기도 하지만, 하인들에게 제 머리칼을 나누어 주고 싶어요. 저
를 언제까지나 기억하도록 말이에요."
마리 부인은 에바의 말대로 오필리어를 불러 에바의 머리를 자르게 했습
니다.

1) 단순히 보관하려고   2) 그냥 자르고 싶어서

3) 머리카락이 자꾸 헝클어져서

4) 사람들이 자기를 오래 기억해 주었으면 하는 마음에서

5) 머리카락을 빨리 자라게 하려고

16. 톰 아저씨가 소중하게 간직하고 있던 물건들이 무엇이었는지, 아래
글을 읽고 답하세요.

> 톰 아저씨는 리글리가 던져 준 다 떨어진 누더기로 갈아입으면서 성경과
> 조지 도련님이 준 은화, 에바가 죽기 전에 준 금발 한 움큼을 따로 숨겨
> 두었습니다.

1) 성경, 은화, 금발 한 움큼　　2) 신발, 머리띠, 넥타이

3) 편지, 금화, 목걸이　　4) 호두 인형, 시계, 펜

5) 목걸이, 엽서, 보석함

17. 리글리의 농장에서 달아난 캐시와 에멜린은 결국 어디에 숨었나요?
아래 글을 읽고 답을 써 보세요.

> "미쳤군. 제 발로 수렁 속으로 들어가다니……. 상보, 사냥개를 풀어라,
> 어서!"
> 캐시가 미리 예상했던 대로 상보와 킹보는 사냥개를 풀어 주러 갔습니다.
> 그 사이에 둘은 수렁에서 나와 다시 다락방으로 숨어 들어갔습니다.

1) 오두막　　2) 마루 밑　　3) 다락방

4) 나무 위　　5) 수렁

18. 세인트 클레어 씨는 에바의 소원대로 집에 있는 모든 노예들을 풀어
주기로 했습니다. 그리고 제일 먼저 톰 아저씨에게 자유를 주려고 서류
절차를 밟았습니다. 그런데 왜 톰 아저씨는 다른 곳으로 팔려 가게
되었습니까?

   1) 세인트 클레어 씨가 사람들이 싸우는 틈에 있다가 칼에 찔려 죽었기
     때문에
   2) 마리가 자기 집 노예를 모두 팔기로 결정했기 때문에
   3) 세인트 클레어 씨의 마음이 변해서
   4) 법적으로 노예를 풀어 줄 수 없게 되어서
   5) 톰 아저씨가 원하지 않아서

● **논리 능력 Level Up!**

1. 노예 상인 헤일리가 톰 아저씨의 팔에 수갑이 맞지 않자 수갑을 늘이러
대장장이에게 갔습니다. 그때 대장장이는 헤일리에게 왜 톰에게는
수갑을 채우지 않아도 된다고 했는지, 아래 글을 읽고 답하세요.

> "톰이 팔렸다고요? 그렇다면 톰에겐 수갑 같은 것은 필요 없어요. 정말
> 정직하고 착한 사람이니까."
> 헤일리와 대장장이가 이런 말을 주고받는 동안 톰 아저씨는 마차에 남아서
> 고개를 숙이고 쓸쓸히 앉아 있었습니다.

2. 아래 글을 읽고, 에바가 죽기 전에 아버지에게 부탁한 소원은 무엇이었
   는지 써 보세요.

어느 날, 에바는 아빠에게 마지막 소원을 들어주겠느냐고
물었습니다.
"공주님이 원하는 것은 뭐든지 들어줄게. 이야기해 봐."
"우리 집 하인들을 모두 자유롭게 해 주세요. 이 세상에
노예가 있다는 것은 좋은 일이 아니에요. 어서 약속해
주세요."

3. 조지 해리스는 왜 농장을 떠나 캐나다로 달아나려 했나요? 아래 글을
   읽고 이유를 찾아보세요.

"조지! 무슨 일이 있었어요? 제발 말해 주세요, 네?"
"난 지금까지 계속 참아 왔어. 돈 한 푼 받지 못하고,
짐승같이 두들겨 맞으며 일을 해도 꾹 참고 지금까지
버텨 왔단 말이야. 그러나 이제 더 이상은 참을 수 없어!
더는 견딜 수가 없단 말이야!"
조지는 불끈 쥔 두 손을 부르르 떨며 외쳤습니다.

4. 일라이저는 왜 어린 해리를 데리고 달아나야 했는지, 아래 글을 읽고
   알맞은 답을 찾아 쓰세요.

5. 샘과 앤디는 왜 안장 밑에 쐐기를 쑤셔 넣으면서까지 노예 상인 헤일리
   의 일을 방해하려고 했나요?

6. 노예 사냥꾼 마커스를 피하려고 조지 해리스와 일라이저, 해리는 어떤
모습으로 변장을 했는지, 아래 글을 읽고 찾아 써 보세요.

드디어 배를 타는 날 아침, 일라이저는 머리를 잘라 남자로 변장을 하고, 해
리에게는 여자아이 옷을 입혔습니다. 조지는 하인처럼 짐을 들고 둘을 따라
배에 올랐습니다.
배 입구에 노예잡이로 보이는 남자들이 서성대고 있었지만, 그들을 눈여겨보
지는 않았습니다.

7. 톰 아저씨가 죽으면서 셸비 씨의 아들 조지에게 뭐라고 말했는지, 아래
글을 읽고 써 보세요.

"악마 같은 녀석! 가만두지 않을 테야!"
"조지 도련님, 그를 꼭 용서하셔야 해요. 그에게 하느님의 사랑을 알려
주셔야 해요."
"오, 불쌍한 톰 아저씨! 죽으면 안 돼요."

8. 켄터키의 조지 셸비는 톰 아저씨를 묻고, 그 무덤 앞에서 무엇을 하겠
   다고 다짐했는지 써 보세요.

● **논술 능력 Level Up!**

1. 셸비는 헤일리에게 진 빚을 갚기 위해 톰 아저씨를 팔기로 했습니다.
   셸비가 내린 결정에 대해서 자신의 생각을 말해 보세요.

2. 아래 글을 읽고, 내가 만약 샘과 앤디라면 어떠한 방법으로 일라이저를
   도와줄 수 있었을지 써 보세요.

"아냐, 샘, 마님은 일라이저가 잡히는 것을 원하지 않으
셔. 아까도 일라이저가 도망쳤다고 하니까 오히려 기뻐하
시던걸."
샘과 앤디가 이런 이야기를 주고받으며 마구간에서 말을
준비하고 있을 때 셀비 부인이 두 사람을 찾아왔습니다.
"샘, 나는 일라이저가 잡히는 것을 원하지 않아."

3. 오하이오주에서는 켄터키주에서 도망친 노예들을 도와주는 것을
   금지하는 법을 만들었습니다. 아래 글을 읽고, 이 문제에 대한 자신의
   의견을 적어 보세요.

"이번 의회에서 켄터키주에서 도망쳐 오는
노예를 구조하는 것을 금지하는 법이 통과되었소.
내일이라도 날이 밝기만 하면 저 여자를
잡으려고 노예 상인의 앞잡이들이 쫓아올 거요."
"그런 법을 만들다니, 부끄럽지도 않으세요?"
"감정만으로 해결할 수 있는 일이 아니오.
정치적으로 켄터키주와 오하이오주가 대립하면 안 되기 때문이오."

4. 헤일리는 노예를 사고파는 상인입니다. 헤일리가 하는 일이 옳은지
   생각해 보고, 그것을 정리해 보세요.

5. 오필리어가 톱시를 다그치자 톱시는 훔치지 않은 물건까지 훔쳤다고
   고백했습니다. 톱시가 왜 그랬는지 말해 보세요.

"자, 바른대로 말해. 언제 훔쳤니?"
그러나 톱시는 놀라지도 않고 태연히 서 있었습니다.
"또 무엇을 훔쳤니? 어서 말해!"
오필리어가 다그쳤습니다.
"에바 아가씨의 산호 목걸이를 훔쳤어요."
톱시가 아무렇지도 않은 얼굴로 대답했습니다.

6. 켄터키주의 조지 해리스와 리글리 농장의 캐시와 에멜린은 왜 자기가
   노예로 있는 곳에서 도망치려고 했을까요?

7. 톰 아저씨가 숨을 거두기 전에 조지 셸비가 톰 아저씨를 켄터키의 집으
   로 데려가려고 찾아왔습니다. 아래 글을 읽고, 이때 톰 아저씨의 마음이
   어떠했을지 상상한 뒤 말해 보세요.

> 조지는 막사 한쪽 구석에 누더기를 걸친 채 거칠게 숨을 몰아쉬고 있는 톰
> 아저씨를 발견했습니다.
> "톰 아저씨! 어쩌다가 이렇게 되셨어요?"
> 조지는 이렇게 외치고는 톰의 곁으로 가서 무릎을 꿇었습니다.
> "나예요. 조지예요. 톰 아저씨, 눈 좀 떠 보세요!"
> 톰 아저씨는 겨우 눈을 뜨고 조지의 얼굴을 바라보았습니다. 무척이나
> 반가웠지만 그저 빙그레 웃을 뿐이었습니다.
> "조지 도련님. 아아, 하느님."

 풀이

이해 능력 Level Up!

1. 3)	2. 4)	3. 1)	4. 2)	5. 4)
6. 3)	7. 4)	8. 2)	9. 5)	10. 1)
11. 2)	12. 5)	13. 2)	14. 2)	15. 4)
16. 1)	17. 3)	18. 2)		

논리 능력 Level Up!

1. 톰 아저씨는 정직하고 착하기 때문에 절대 달아나지 않으므로

2. 집에 있는 하인들을 모두 자유롭게 해 주는 것

3. 돈을 한 푼도 받지 못하고, 짐승같이 두들겨 맞으며 사는 것을 더 이상 참을 수가 없어서

4. 주인인 셸비가 톰 아저씨와 일라이저의 아들인 해리를 노예 상인에게 팔아 버렸기 때문에

5. 일라이저가 도망칠 수 있도록 셸비 부인이 시간을 끌어 달라고 말해서

6. 조지 해리스는 하인으로, 일라이저는 머리를 잘라 남자로, 해리는 여자 아이로 변장했다.

7. 리글리를 용서하고 그에게 하느님의 사랑을 알려야 한다고 했다.

8. 켄터키 집에 있는 노예들을 모두 자유롭게 해 주고, 노예 해방을 위해 싸우겠다고 약속했다.

논술 능력 Level Up!

1. 예시 : 셸비는 헤일리에게서 빚 독촉을 받고 있었다. 그렇지만 오랫동안 가족처럼 함께 생활해 온 톰 아저씨를 파는 것보다 열심히 일을 해서 조금씩 빚을 갚아 나가는 방법을 선택했다면 더 좋았을 것이라고 생각한다.

2. 예시 : 자기 집에서 일하는 노예가 달아났을 때 그 노예를 잡아 오는 것을 싫어하는 주인은 아마 없을 것이다. 당시에는 노예도 재산에 속했기 때문에 더욱 그렇다. 그런데 셸비 부인은 일라이저가 잡히지 말고 멀리 달아나 주기를 바랐다. 그것은 아무리 노예이지만 사람을 파는 것이 옳지 않다고 여겼기 때문이다. 그래서 샘과 앤디는 일라이저가 멀리 달아날 수 있도록 시간을 벌어 주었다. 말안장 밑에 쐐기를 넣어 몇 번이고 말에서 떨어진 헤일리는 오전에는 일라이저를 잡으러 떠나지 못했다. 그리고 또다시 점심을 먹어야 한다며 시간을 끌었다. 또 두 갈래의 길이 나왔을 때는 꾀를 생각해 내서 힘들고 어려운 길로 들어서도록 유도했다. 말을 타고 달린다면 새로 잘 만들어 놓은 길이 분명 좋을 것이다. 그런데도 샘과 앤디는 헤일리를 꾀어 불편하고 힘든 길을 선택하게 했던 것이다.

3. 예시 : 오하이오주에서는 켄터키에서 도망친 노예들을 숨겨 주거나 도와주었다. 그래서 도망친 노예들이 모두 오하이오주를 거쳐 캐나다로 달아났던 것이다. 이렇게 되자 켄터키주와 오하이오주는 서로 관계가 편

하지 않게 되었다. 그렇지만 도망친 노예들을 더 이상 오하이오주에서 도와주지 못하도록 법을 만드는 것이 과연 옳은 일이었을까? 그보다는 켄터키주에서 더 이상 노예들을 학대하거나 괴롭히는 일이 없도록 하는 법을 만드는 것이 훨씬 더 좋았을 것이라고 생각한다.

4. 예시 : 헤일리는 노예를 사고팔 때 매우 몰인정한 모습을 보이고 있다. 톰 아저씨를 팔러 배에 탔을 때에도 헤일리는 한 여인과 어린 아이를 샀다. 그런데 여인은 자기 주인이 자기를 팔았다는 사실도 알지 못했다. 그런 여인이 잠시 자리를 비웠을 때 헤일리는 여인의 어린 아이를 다른 사람에게 팔아 버렸다. 그것도 어린아이는 귀찮다는 것이 이유였다. 어린아이에게는 엄마가 옆에 있어 주어야 한다는 아주 사소하면서도 당연한 사실을 생각하지 않은 것이다. 이처럼 헤일리는 노예를 사람이라고 여기지 않았으며, 노예에게는 작은 배려조차 하지 않았다. 그 결과, 자신이 사들인 노예 여인이 바다에 몸을 던지고 말았다. 결국 헤일리는 손해를 보고 말았다.

5. 예시 : 세인트 클레어가 톱시를 집으로 데려오기 전에는 어느 식당에서 일하고 있었다. 그전에는 또 다른 어딘가에서 일하고 있었을 것이다. 그런데 그곳에서마다 무엇이 없어지면 언제나 톱시를 다그치고 때렸다. 톱시가 아무리 아니라고 말해도 소용이 없었다. 그러다 자신도 모르게 남의 물건을 훔치게 되고 말았다. 그것이 습관이 되어 톱시는 오필리어의 리본을 훔쳤고, 또 오필리어가 무엇을 더 훔쳤느냐고 다그치

자 늘 자신에게 친절한 에바의 산호 목걸이가 생각났던 것이다. 어차피 더는 훔친 것이 없다고 말해도 오필리어는 믿어 주지 않을 것이라고 톱시는 생각했다. 톱시는 이전의 경험을 떠올리며 노예 주인들은 모두 다 그렇다고 생각했던 것이다. 어쩌면 이때 톱시는 '이번엔 얼마나 매를 맞게 될까?'라고 생각했을지도 모른다. 톱시에게 가장 필요한 것은 자신을 믿어 주는 관심과 사랑이라고 생각한다.

6. 예시 : 켄터키주의 조지 해리스는 아무리 열심히 일을 해도 돈 한 푼 받을 수 없었다. 그리고 짐승처럼 맞으며 일을 해야 했다. 아무리 열심히 살려고 해도 미래가 보이지 않았던 것이다. 거기다 자신이 사랑하는 아내와 그 사이에서 태어난 아들 해리마저 그러한 생활을 해야 한다는 것이 견딜 수 없었을 것이다. 결국 조지 해리스는 미래를 위해 도망자의 길을 선택하는 것이 가장 합당하다고 생각하게 된 것이다. 한편 리글리 농장의 캐시는 리글리와 캐시 사이에서 태어난 아이를 리글리가 다른 사람에게 팔아 버리는 것을 보고 놀랐다. 그 아이는 캐시의 아이이기도 하지만 리글리의 아기이기도 한데, 자신의 아이를 팔아 버리는 비인간적인 모습에 정나미가 떨어졌던 것이다. 조지 해리스와 캐시, 그리고 에멜린은 좀 더 인간다운 삶을 원했고, 그러한 삶을 위해서는 달아나는 길밖에 없다고 생각했던 것이다.

7. 예시 : 톰 아저씨는 리글리에게 심하게 맞아서 누워 있었다. 그리고 곧 자신이 하늘나라로 가게 될 것이라고 생각하고 있었다. 그때 톰 아저씨

에게 켄터키의 옛 집에서 조지 셸비가 찾아온 것이다. 톰 아저씨는 조지를 통해서 켄터키주에 사는 자신의 가족들을 만나 보았고, 자신의 고향 냄새를 맡아 보았고, 지난 시절들을 더듬어 볼 수 있었다. 그래서 톰 아저씨는 가장 고통스럽지만 가장 편안한 기분으로 죽음을 맞이할 수 있었을 것이라고 생각한다.